La batalla
de los árboles

Carlos Villanes Cairo

ediciones sm Joaquín Turina 39   28044 Madrid

Colección dirigida por **Marinella Terzi**

Primera edición: febrero 1996
Segunda edición: octubre 1996
Tercera edición: junio 1997

Ilustraciones y cubierta: Esperanza León

© Carlos Villanes Cairo, 1996
© Ediciones SM, 1996
    Joaquín Turina, 39 - 28044 Madrid

Comercializa: CESMA, SA - Aguacate, 43 - 28044 Madrid

ISBN: 84-348-4796-5
Depósito legal: M-18027-1997
Fotocomposición: Grafilia, SL
Impreso en España/Printed in Spain
Imprenta SM - Joaquín Turina, 39 - 28044 Madrid

A Francesca, mi niña de Chamberí,
y a Lucía Chávez Sepe.

Inspirada en hechos reales, ésta es una novela y sus protagonistas son ficticios.

1 *Daniel*

A Daniel le despiertan los ladridos de Duque y a Duque le ha despertado el teléfono, que no cesa de sonar. El chico abre los ojos pesadamente, mira hacia la ventana y es noche cerrada, todavía. Los números rojos de su radio reloj le indican la hora: son las cinco y doce minutos de la madrugada.

Sus padres tienen un supletorio en su dormitorio, pero no lo cogen, porque los sábados lo desconectan. Se quedan hasta después de medianoche a ver alguna película de la tele, y como los domingos se toma el desayuno más tarde, nadie dice nada. Claro, es de madrugada y el teléfono parece haber enloquecido. Daniel hace un gran esfuerzo y se dirige hacia el salón a ver quién llama con tanta insistencia.

Camina un poco dormido y ve que su padre también se acerca a la carrera.

—Gracias, lo cojo yo —le dice Luis.

Daniel da media vuelta y retorna a su dormitorio.

—¿Cóoomo? —pregunta el padre de Daniel con

un tono de voz que más bien parece una exclamación.

Son malas noticias. Eso despierta a Daniel por completo. Aguza el oído y vuelve a oír la voz de su padre:

—¡Si sólo estamos en mayo! —Luis hace un breve silencio y añade—: ¿Cómo es posible que ya empiecen los incendios? ¡Es para no creérselo!

Otro silencio. Daniel casi puede oír la respiración agitada de su padre. Imagina su cara congestionada, en una mezcla de enfado y tristeza. Luis trabaja en el Icona y su gran batalla de todos los veranos es luchar contra el fuego.

—¡Seguro que lo ha provocado algún salvaje! —exclama, y permanece atento a cuanto le dicen del otro lado de la línea—. Sí, sí, lo conozco bien, es el pueblo de los padres de mi mujer. Sí, estaré en el aeropuerto en menos de una hora.

Daniel quiere saber más detalles. Tira la manta y camina hacia el salón. En el pasillo se choca con su madre. También se ha levantado, parece nerviosa y mira con ansiedad a su marido.

—Se ha producido un gran incendio forestal en Valdeaguas —informa Luis.

—¡Dios mío! —dice ella—. ¿Y qué más te han dicho?

—Ha quemado algunas casas en la parte baja del pueblo. Se declaró ayer al mediodía.

Rosa se cubre los labios como si quisiera ahogar un grito.

—No hay víctimas, pero es muy grande. Los

bomberos han trabajado toda la noche y ahora tenemos que apoyarlos —afirma el hombre, y mira
a su esposa—. Saldré inmediatamente.

Poco después se reúnen en el comedor. La madre y el niño toman leche tibia. Luis acompaña el
café con unas tostadas. Lleva tanta prisa que ni
siquiera se sienta.

—En cuanto puedas, telefonéame —le pide
Rosa—. Quisiera saber cómo están Antonio, Lola
y la niña.

—Lo haré —responde Luis—. Supongo que a
los abuelos no se les habrá ocurrido ir a Valdeaguas, ¿verdad?

—No lo creo. Ellos no se mueven de Santander.
De todas maneras, los llamaré.

Luis se despide rápidamente.

—No te arriesgues sin necesidad —le recomienda Rosa, y se pone triste. Descubre que Daniel la
mira preocupado y disimula. Le sonríe levemente
para hacer menos tenso el momento y le dice—:
¡Hala, vete a la cama, que todavía tenemos que
dormir un poco!

EN MADRID, LOS AVIONES del Icona están en
el aeropuerto de Cuatro Vientos, y para llegar allí
Luis debe atravesar toda la ciudad, que todavía
duerme.

Por los bulevares desiertos aparecen, como fantasmas, algunos juerguistas rezagados camino de

11

sus hogares y las camionetas que descargan en los quioscos los diarios recién salidos. El aire fresco presagia un día sin nubes.

Los árboles cubiertos de hojas nuevas se revuelven con el viento que levantan los coches al pasar. Los envuelve una tenue neblina naranja, de las luces del alumbrado público. Luis contempla el balanceo de las copas de la arboleda y mueve la cabeza.

«¿Cómo pueden arder los árboles?», se pregunta. Llega al Paseo de Extremadura y, al ver que tiene vía libre, pisa a fondo el acelerador. El coche responde con un rugido y se desliza raudamente.

Los edificios quedan atrás y de pronto asoma el viejo aeropuerto. En la distancia, el alba empieza a despuntar. Una franja rosa prolonga en el cielo el perfil de los hangares y las siluetas estilizadas de los aviones.

Luis es ingeniero y se ha especializado en combatir el fuego de los incendios forestales. Su base de operaciones está en Madrid, pero cuando se trata de un siniestro de grandes proporciones, le llaman desde cualquier parte del país y él viaja en el acto para dirigir, en el mismo lugar de los hechos, una acción inmediata.

En el aeropuerto le recibe el coronel Espínola y le pone al tanto de la situación.

—El fuego ha destruido varias casas de las afueras del pueblo —le comenta—. Y ahora amenaza con extenderse hacia la zona más poblada. Algunos lo han perdido todo y otros se niegan a ser evacuados.

—Nadie se resigna a perder sus posesiones —dice Luis—. ¿Hay víctimas?

—Sí, una pareja de ancianos con quemaduras de primer grado. Se quedaron atrapados en una buhardilla. También un guardia forestal y un voluntario que preparaba el primer cortafuegos. Todos están graves.

—¿A qué hora saldremos?

—Dentro de quince minutos.

Poco después, los motores de los aviones rugen y se aproximan a la cabecera de la pista. Despegan, uno tras otro, y sus contornos, afilados y negros, se dibujan contra el cielo malva. En el horizonte, las sombras de la noche empiezan a disiparse y las cosas recobran sus formas y colores.

DANIEL NO HA PODIDO DORMIR; tampoco Duque, que se ha instalado cerca de la cama del niño y mantiene agachada la cabeza encima de sus patas delanteras. De tanto en tanto bate la cola, como si meditara.

Duque conoce todos los pormenores del problema de Daniel. Su dueño se lo ha comentado muchas veces. Entre ellos hay una amistad tan grande que juntos han creado un lenguaje que ambos entienden, pero nadie más.

Y el problema de Daniel es que dentro de la casa

no tiene con quien jugar. Le encantaría un hermano o una hermana, no importa mayor o pequeño, rubio o moreno, gordo o flaco.

Cuando se pone triste, hace una de estas dos cosas: escucha su radiocasete a todo volumen o sale a la calle, donde encuentra a sus amigos o se sienta en un banco y se pone a mirar la doble fila de árboles en cada acera de su calle. Daniel vive en Álvarez de Castro, en el corazón del barrio de Chamberí, en Madrid.

Se asoma a la ventana y no hay nadie. Son las nueve de la mañana, es domingo y todo parece vacío. Daniel decide oír música, llama a su perro y ambos se encierran en su habitación.

Escoge una cinta, baja el volumen, porque su madre está durmiendo, y empieza la música. Sin embargo, poco después oye un grito estridente:

—¡Danieeel!

El niño corre a descubrir qué quiere su madre y, antes de llegar a su dormitorio, oye:

—¡Apaga esa música! ¿No sabes que hoy es domingo y he tenido que madrugar? ¿Es que te has vuelto loco?

Daniel quiere decirle que la música está a muy poco volumen y no molesta a nadie, pero se encoge de hombros. Vuelve a su habitación y apaga el aparato. Se viste, se peina con los dedos y un poco de agua, y decide irse a la calle.

Duque, mudo testigo de toda la escena, mira a Daniel y le dice:

—Yo te comprendo y tienes todo mi apoyo.

14

—Gracias —le responde Daniel—, eres un buen amigo.

Luego se marcha, y Duque le sigue.

—¡Si sales, ten cuidado con el perro! —grita su madre.

—Ya lo sé —dice Daniel.

—Yo sé cuidarme solo —replica Duque.

El niño y su perro cruzan el portal. Caminan unos pasos y se acurrucan en el banco más próximo, sin decir una sola palabra.

De pronto, Daniel oye que vocean su nombre. Mira a uno y otro lado. No hay nadie. Se vuelve hacia los árboles y trata de averiguar quién le llama, pero no consigue saberlo.

—Eh, Daniel, estoy a tu espalda.

Gira la cabeza y descubre, muy escondido detrás de un árbol, a don Joaquín, un anciano a quien los niños del vecindario llaman «abuelo».

A la gente menuda le encanta oír las historias de don Joaquín, aunque los adultos prefieren que sus hijos no le escuchen, porque dicen que suele contarles cosas raras.

—¿Qué pasa, abuelo Joaquín?

—Camina sin volverte hasta enfrente y siéntate en el banco cerca del semáforo; espérame, que tengo algo muy importante que decirte.

Daniel nunca ha visto tan preocupado al abuelo Joaquín. Algo grave pasa. Camina ligero, pero Duque se retrasa oliendo un árbol, viejo amigo suyo.

—¡Date prisa, Duque!

—Ya voy, hombre, que a mí también me interesan las aventuras —le responde.

Observándolo bien, el abuelo Joaquín está enfadado. Ha palidecido y su rostro resalta sobre la gabardina oscura que lleva puesta. Se sienta en el banco, mira a todos lados y se decide a hablar:

—Mañana va a ocurrir algo muy, pero que muy horroroso, en esta calle.

El chico abre los ojos como farolas. Duque levanta lo más que puede las orejas.

—¡Es horrible! —insiste el anciano.

—Bueno, cuéntalo ya, que me va dar un infarto —dice Daniel imitando a los mayores, que siempre hablan de infartos cuando se desesperan por conocer alguna noticia sorprendente.

—¿Infarto a tu edad?

—Eso digo yo —comenta Duque.

—Bien —prosigue don Joaquín—. Tú sabes que yo permanezco buena parte del día sentado en los bancos de nuestra calle. Así me distraigo y me lo pasó bien mirando a la gente, aunque muy pocos reparan en mí.

—Es verdad, yo también lo hago.

—Lo sé, por eso te he buscado —el abuelo carraspea porque la voz se le pone ronca—. Desde hace días he observado a un grupo de hombres raros que vienen, conversan, hacen cálculos, discuten... y justamente ayer dieron una orden definitiva.

—¡No entiendo!

—¡Ni yo! —ladra Duque.

16

—Mira: esta calle y estos hermosos árboles dentro de muy poco desaparecerán.

—¿Qué?

—Como lo oyes. Mañana vendrán unas excavadoras y levantarán el suelo; construirán un gran agujero en toda la calle, que cruzará por debajo de la glorieta y servirá también de aparcamiento para los coches, que aumentan todos los días en Madrid y la gente ya no sabe dónde ponerlos.

—¿Y los árboles?

—Los echarán, sin remedio. Esta calle dejará de tener árboles en doble hilera a cada lado, pondrán una acera con losetas de colores, que, según dicen, es lo que ahora se lleva, y... ¡fuera árboles!

Daniel mira con pena las copas cargadas de hojas y piensa en la cara que pondrá su padre cuando se lo cuenten. El abuelo se llena los pulmones de aire primaveral y no quiere ni pensar en los veranos sin esa sombra apacible. Duque también levanta la punta de la nariz.

El chico reacciona y siente que se le sube la rabia:

—¿Y qué podemos hacer para detenerlos?

—Ésa es la gran pregunta que yo también me vengo haciendo durante estos días, desde que me enteré de la mala noticia —el abuelo Joaquín arruga la corteza vieja de su frente y se le abultan las cejas, blancas como ramas en invierno.

Daniel se palmea los carrillos.

—Y con qué cara se habla de unir esfuerzos para salvar a los árboles, si los van a tirar...

—Ya ves... Pero mientras no los hayan derribado, todavía nada está perdido. Porque yo tengo un plan...

Duque yergue las orejas, ansía estar bien enterado.

El abuelo Joaquín expone detalladamente el plan a Daniel. Al concluir, se pone de pie y le extiende la mano:

—Jovencito, ahora te toca hacer tu trabajo.

—Lo haré gustoso, aunque no sé qué dirá mi madre.

—Correremos ese riesgo.

—Y vale la pena... —dice Daniel, y vuelve a casa.

2 El fuego no perdona

LA bruma del amanecer se recoge hacia las montañas como una sábana transparente. Desde el aire, cuando brilla el sol, Asturias es una alfombra encantada de verdes que relumbran por la llovizna de la mañana o los espejos de ríos y fuentes. Luis y el coronel Espínola contemplan en silencio el estupendo paisaje, a bordo del avión que los lleva de Madrid a Oviedo.

Se les acerca el sobrecargo de la nave y les recuerda:

—Aterrizaremos en cinco minutos...

Los dos hombres se abrochan los cinturones casi maquinalmente.

—Demasiado sol para esta época del año —comenta el coronel Espínola.

—Es verdad. Aquí las mañanas de mayo están llenas de bruma, humedad y lluvia... Bueno, y casi todo el año. Bonito domingo, sí señor.

—¡Pero con un maldito incendio!

Los hombres callan y distinguen en el horizonte la cabecera de la pista de aterrizaje del aeropuerto de Ranón en Oviedo, cerca de Avilés. El viento está en calma y la nave maniobra con lentitud y seguridad.

Poco después, los tres aviones han tomado tierra y los hombres se reúnen en una sala de conferencias donde se ha instalado, sobre una mesa, una maqueta elaborada con gran meticulosidad por los especialistas de defensa civil.

Jefes de bomberos y brigadas de voluntarios, socorristas, policías y pilotos de aviones y helicópteros se agrupan en torno a la maqueta. El coronel Espínola, puntero en mano, señala el sitio donde se ha producido el incendio.

—Valdeaguas, éste es el lugar exacto —indica—. Aquí, al sur, hay un pequeño pantano alimentado por este río, de fácil acceso por aire y carretera.

—Perfecto —dice Luis—. Es un sitio estratégico para el aprovisionamiento de agua tanto de los helicópteros como de los camiones cisterna. Los aviones lo harán, necesariamente, en el aeropuerto.

El coronel Espínola detalla las características y los accidentes del terreno amenazado por el fuego y, luego, se dirige a Luis.

—Bien, ahora la estrategia es tuya —le dice.

El aludido coge el puntero.

—De inmediato, dos cosas: tan pronto descarguen el material de apoyo, los dos aviones deben despegar y atacar estos dos objetivos —los señala, detalla las coordenadas geográficas y prosigue—: Según el último informe de Icona, constituyen los puntos neurálgicos. Dentro de unos minutos sal-

21

dremos a realizar un reconocimiento en helicóptero y les informaremos por radio de la situación de los lugares donde debemos centrar nuestro trabajo.

—¿Y el personal de apoyo en tierra y los voluntarios? —pregunta el coordinador del voluntariado, un hombre atlético, equipado como un bombero y con el casco en las manos.

—En menos de media hora les comunicaremos cuál será la tarea concreta —responde Luis, y se vuelve hacia los hombres que le miran llenos de ansiedad—: Nos aguardan días muy duros. Contamos con buenos apoyos aéreos y terrestres, pero, sobre todo, con la buena voluntad y el esfuerzo de vosotros. Muchas gracias.

Dan por concluida la reunión. Se despiden, llenos de entusiasmo. Les aguarda una jornada larga, y la prisa que llevan puede salvar cientos de hectáreas de bosque y vidas humanas.

Minutos después, el padre de Daniel y el coronel Espínola vuelan en el helicóptero hacia Valdeaguas.

Una nube de humo se levanta hacia el cielo, parece ensombrecer la luz dorada del sol y delata la presencia del siniestro a varios kilómetros de distancia.

Visto desde el aire, el incendio es como una inmensa llaga negra, festoneada por un fuego amarillo rojizo, que se agranda sin detenerse.

El viento también crece. Es una ráfaga que desciende hacia las llamas, las aviva y, después de juguetear entre la candela, se nutre de humo y lo empuja hacia el cielo.

Hasta el helicóptero llega el olor a chamusquina, a resina quemada, a efluvios desagradables, que se mezclan y se adensan, como un brochazo de sombra en medio del bello cuadro de la naturaleza.

Es una visión fantasmagórica y triste. Lo que fueron árboles corpulentos y fragantes ahora es un manto gris del que se levantan como manos tronchadas, todavía humeantes, las ramas calcinadas. La madera muerta, despojada de sus galas verdes, parece implorar un ruego ensombrecido de carbón y de ceniza.

—Es mucho más grande de lo que parecía —se asombra Luis.

—Sí, y, por lo visto, ahora ya son cuatro los frentes muy activos —añade el coronel Espínola, y hace indicaciones al piloto del helicóptero para que vire hacia la derecha, en dirección al pueblo.

El aparato avanza pausadamente encima de las calles. Toda su estructura vibra porque su acometida es lenta. Abajo, la gente corre hacia el helicóptero como si esperara alguna noticia salvadora.

—¿Podemos bajar en la plaza, junto al ayuntamiento? —propone Luis.

El coronel Espínola aguza la vista.

—No —le responde—. Hay algunos cables del tendido eléctrico.

—Entonces, en aquel espacio abierto, en la explanada junto a la escuela.

—Sí —asiente el coronel Espínola—. Allí no habrá problemas.

Valdeaguas es un pueblo pequeño. Tiene un asentamiento urbano reducido. La mayoría de sus casas se reparten por las colinas cercanas, junto a granjas familiares llenas de árboles y pasto forrajero.

Al menos nueve viviendas ya han sido alcanzadas por las llamas durante la noche. Por el norte, las lenguas de fuego amenazan con llegar al núcleo urbano en medio del humo asfixiante y las mangueras de los bomberos que luchan por contener al monstruo amarillo.

Cuando Luis y el coronel Espínola ponen los pies en el suelo, llegan a la carrera los vecinos de la zona poblada. Tienen las caras prietas de sudor y humo. No han dormido durante la noche peleando contra el fuego.

El alcalde reconoce a Luis. Le abraza y le agradece el haber venido.

—Hemos evacuado a cinco heridos; hay dos ancianos graves.

—¿Quiénes son?

—El viejo Pelayo y su mujer. Se les derrumbó encima el cobertizo cuando trataban de salvar a una vaca que acababa de parir. Están muy mal, los pobres.

—¿Sabes algo de mis cuñados? —inquiere Luis.

—¿Viven aquí? —se extraña el coronel Espínola.

24

—Sí, la hermana de mi mujer, su esposo y su niña.

—Hay una mala noticia —dice el alcalde.

Los hombres lo miran angustiados. El alcalde continúa:

—Ellos están bien, pero su casa fue alcanzada por el fuego y ardió toda.

—¿No pudieron hacer algo?

—Hicimos todo lo posible. Ahí cayeron heridos dos voluntarios y no sirvió de nada... Al menos han salvado sus archivos, su biblioteca y sus colecciones de plantas disecadas. Los vecinos los ayudaron a rescatar sus cosas. Cuando empezó el fuego, ellos estaban fuera del pueblo.

El coronel Espínola se queda sorprendido. Todo aquello no le parece muy común.

—Son científicos: investigan y escriben libros sobre plantas para editoriales de España y del extranjero —le explica Luis.

—Llegarán dentro de poco; nos dijeron que iban a subir al pueblo —añade el alcalde.

A lo lejos se oye la sirena de una ambulancia y los hombres miran hacia allí. El vehículo se desplaza a toda velocidad y muy pronto llega junto a ellos.

—Dos heridos —dice el médico que viaja junto al chófer—. Son dos voluntarios. A uno le alcanzaron las llamas y el otro, al escapar, rodó por una pendiente. Al parecer, tiene dañada la columna vertebral. ¿Podéis llevarlos a Oviedo en el helicóptero?

—Sí —dice el coronel Espínola—. Saldrán en unos minutos.

Poco después, Espínola y Luis coordinan por radio, desde Valdeaguas, el trabajo tanto de los aviones cisterna como del personal de tierra. El fuego no cesa de crecer.

Luis piensa en Paloma. En su memoria se unen como fogonazos los recuerdos de las veces que la ha visto, desde muy pequeña, recorriendo con sus padres los valles y colinas de la geografía asturiana.

3 *Paloma*

FATIGADA y sudorosa, Paloma llega en compañía de sus padres. Es una chica espigada y fuerte. No ha dormido durante toda la noche viendo cómo su casa, en pocos minutos, era devorada por el fuego.

Ella todavía no se lo cree del todo. Ha pensado que se trata de un mal sueño. Pero, por primera vez en su vida, ha mezclado su sudor y sus lágrimas. Recuerda que sus padres le habían dicho muchas veces que era casi imposible que los incendios se produjeran en Asturias, por la humedad del clima y porque la gente ama el bosque... Pero ha sucedido.

—Hay gente salvaje que ya no respeta nada —le ha dicho su padre a manera de justificación.

Luis saluda a la hermana de su esposa y a su cuñado. Se inclina un poco para recibir en las mejillas los dos besos que le da Paloma.

La niña siente que su madre llora en silencio.

—Lo hemos perdido todo —balbucea la mujer.

Paloma tiene un nudo en la garganta, a punto

de desbordarse en un sollozo; se aguanta, pero finalmente también llora sin hacer el menor ruido.

—Apenas hemos salvado los archivos, la biblioteca especializada y parte de la colección de plantas, algo de ropa y algún mueble —dice, con el semblante muy decaído, el padre de la niña.

—¿Y qué vais a hacer ahora?

—Yo seguiré como voluntario mientras dure el fuego, pero Paloma y su madre..., hemos pensado que tal vez podrían vivir un tiempo en Madrid, en vuestro piso, mientras podamos establecernos en Oviedo y rehacer la casa... o encontrar algún sitio cercano...

—Tenéis todo mi apoyo —dice Luis—. El piso de Madrid es grande y nosotros sólo somos tres.

El padre de Paloma asiente agradecido.

DANIEL ELABORA UNA LISTA de sus amigos: deben vivir por las inmediaciones y estudiar en su mismo colegio. Luego, hace muchas llamadas telefónicas y conversa un buen rato con cada uno de sus interlocutores.

El chico concluye su trabajo algo cansado, pero contento, y se dirige hacia la puerta, seguido de Duque.

—Daniel —le pilla su madre a punto de ganar la calle—, ¿puedo saber qué estás planeando?

—Por ahora, no, perdona —responde, y pone

un aire de mucha gravedad en sus palabras—. Luego te lo contaré todo.

—Eso espero —le advierte Rosa.

En ese momento suena el teléfono. Daniel piensa que puede ser alguno de sus amigos, se apresura a cogerlo y contesta. Habla brevemente y llama a su madre.

—¿Quién es? —se intriga Rosa.

—¡Tu marido! —responde Daniel sonriendo—. Y está muy enfadado: dice que tú no cesas de llamar y que este aparato ha estado comunicando todo el tiempo.

Entrega el teléfono a su madre, sale a la carrera y, mientras se fuga, oye:

—Daniel, vas a cobrar. Te lo digo en serio, ¿eh?

EN EL BANCO, cerca del semáforo, Daniel se reúne con Javi, Juanma, Marian, José y Pacorro. Le han fallado Luismi, Araceli y Begoña.

Daniel les pone al corriente de su conversación con el abuelo Joaquín. Todos los chicos están de acuerdo. Aquello de tirarles los árboles, acortarles las aceras y levantarles el suelo para construir más aparcamientos está muy mal.

Nadie se opone a los planes del abuelo Joaquín. Es lo mejor que pueden hacer. Permanecen sentados unos minutos, comentan las cosas que hicieron el día anterior y las perspectivas para este domingo; luego se despiden.

Daniel llega agitado a su casa y en el salón se topa con su madre. Ella le pide que se aproxime, moviendo lentamente el dedo índice de la mano derecha. El chico presiente que le va a caer una regañina.

—Solo frente al peligro, como de costumbre —gruñe por lo bajo Duque.

—Sí —le responde Daniel, y se detiene junto a Rosa.

—Tu prima Paloma y su madre van a llegar de Oviedo y se quedarán un tiempo a vivir con nosotros.

—¿Y por qué? —Daniel se sobresalta—. ¿Han adelantado las vacaciones?

—No. El incendio forestal ha arrasado su casa. Lo han perdido todo.

El chico se queda mudo. ¿Es posible que esto suceda en una casa tan cercana a la familia?, se pregunta como si quisiera espantar a los fantasmas.

—¡Oh, qué pena! —dice en voz baja, finalmente, cuando reacciona.

—Sí —su madre también tiene el rostro sombrío—. Nuestro deber es ayudarlos y hacerles más agradables los días que pasen en Madrid.

—Vale.

Rosa advierte que la noticia no entusiasma mucho al chico.

—¿No te hace ilusión que venga tu prima, tú que siempre andas quejándote de que no tienes con quien jugar en casa?

—Sí —dice Daniel algo desganado—, pero hubiera preferido que fuese un niño.

—Paloma es muy maja.

—Lo es, pero no me gusta su aire de empollona, ni sus dos coletas, ni... —Daniel repara en que Rosa frunce las cejas y agrega—: Y como tenemos visita, yo debo arreglar inmediatamente mi habitación, poner mis cosas en orden y ayudarte en todo lo que sea necesario, ¿no?

—Tú lo has dicho —dice la madre mientras insinúa un atisbo de sonrisa.

—Joroba, con las cosas que tengo pendientes para mañana.

Y sale corriendo hacia su habitación, pero su madre lo llama.

—¡Daniel...! —le clava la mirada—. Tú andas tramando algo; venga, dime de qué se trata.

El chico vuelve sobre sus pasos.

—Es un secreto —confiesa en voz baja.

—Vaya —dice su madre, y se agacha hasta casi poner su cara a la altura de la de su hijo—, pero entre colegas podemos contarnos los secretos, ¿no?

—¿Me prometes no chivarte a nadie?

—Prometido.

—Mañana vendrán obreros con palas mecánicas a tirar todos los árboles del barrio, las aceras las harán más pequeñas, van a levantar el pavimento, cavarán un gran túnel, y todo para construir un aparcamiento.

—¿Y cómo lo sabes?

—Nos lo ha dicho el abuelo Joaquín. Ya nos hemos reunido varios chicos para seguir una estrategia de combate.

—¿Tú sabes qué es una estrategia?

—Sí, un plan de lucha contra el enemigo.

—¡Vaya por Dios...! Primero, no creo que eso suceda, y, en segundo lugar, yo no me fiaría tanto del abuelo Joaquín, porque siempre anda imaginando cosas.

Daniel mira con firmeza a su madre.

—De todas maneras quiero saber algo... Si realmente vinieran a tirar los árboles, ¿vosotros me ayudaríais?

—Por supuesto, pero como eso no va a suceder... —Rosa observa a su hijo y parece meditar—. ¿No has visto la gran publicidad que están dando de que Madrid debe ser verde? ¿Y tú crees que van a venir ahora a derribar los árboles? Posiblemente te han tomado el pelo.

—Y a mí —dice Duque, que ha oído todo desde un rincón. Luego, recapacita y agrega en voz alta—: ¡Yo creo al abuelo Joaquín!

—¡Duque! —grita Rosa—. ¡En la casa no se ladra!

—Tranquilo —se dirige Daniel a su perro—. En casa hay gente que nunca te entenderá.

Rosa lo mira preocupada y comenta:

—El abuelo Joaquín siempre tiene pájaros en la cabeza, y si lo de los árboles fuera cierto, supongo que todos los vecinos lucharíamos por ellos.

Daniel sonríe, corre a su habitación, enciende

su radiocasete y, mientras tararea una canción, ordena, sacude y guarda sus cosas dispersas.

DOS HORAS DESPUÉS, Luis vuelve a telefonear desde Oviedo. Anuncia que Paloma y su madre llegarán a las siete de la tarde a Barajas. Daniel y su madre apenas tienen tiempo para correr al aeropuerto.

Dicho y hecho. El avión que las trae de Asturias aterriza con puntualidad. Daniel lee en la pantalla del monitor que los viajeros de ese vuelo desembarcarán por la puerta cuatro, y allá va con su madre a esperarlas.

Aparece la chica y luego la tía Lola. Ambas empujan un carro con maletas. Sonríen brevemente cuando descubren a Daniel y a su madre. En sus rostros hay algo sombrío, y además se nota que no han dormido en dos días: están demacradas y pálidas.

Las hermanas se abrazan y los primos también. Intercambian besos y palabras cariñosas.

Rosa no pregunta nada. Es la madre de Paloma la que, de pronto, dice apenas unas pocas palabras que pesan como una losa:

—No sabéis lo duro que es ver arder tu casa por los cuatro costados y sin poder hacer nada.

Luego, se adivina el sollozo. Daniel mira a Paloma y ella también llora. Por las mejillas de su prima resbalan dos lágrimas como si hubieran estado largamente contenidas y ahora quisieran huir a toda prisa de sus ojos almendrados y grandes, color verde esmeralda.

Se hace un largo silencio. Nadie quiere romper ese dolor. Apenas se oye el ronquido del coche que conduce la madre de Daniel camino de su casa.

Llegan. Comen algo. La madre de Paloma dice estar muy cansada y prefiere irse a dormir temprano. Se despiden. Daniel quiere saber qué ha pasado en el incendio y se lo comenta a su madre.

—Ya tendremos tiempo para que nos lo cuenten —le dice ella—. Ahora tienen que descansar.

CADA CASA ES COMO UN TERRITORIO sagrado, piensa Daniel, y cada detalle que la llena, sea un mueble o un cacharro, algo conseguido con esfuerzo o un regalo, tiene tras de sí una pequeña historia y debe ser cuidado con mucho cariño.

El chico pasea los ojos por su habitación, mira sus juguetes, los pósters, su colección de coches en miniatura, sus casetes (porque la música le encanta), su pequeña biblioteca, donde están algunos libros muy bonitos que su padre le ha ido comprando desde siempre; su armario, que aunque su madre le regañe, siempre está desordenado (¿habrá algún duende travieso que se encarga de revolverlo y avisar a Rosa justo para que le pille?).

Con el paso del tiempo, las cosas se quieren más y más, y que un día el fuego lo devore todo, o que

34

el agua las arrastre como se ve por la tele, o se destrocen por un terremoto... ¡debe de ser horrible!

Es que debe de ser para morirse. Sin embargo, ahí está Paloma, triste y un poco gris, como resignada a la tragedia que la abate. ¿Por qué su prima no llora a gritos, ni se desespera, ni maldice a todo el mundo por lo que le pasa? Tal vez ya lo hizo y se cansó, piensa Daniel. O tal vez no lo ha hecho y en eso radica su inteligencia.

Daniel hace un esfuerzo por evocar la casa de Paloma y, pese a que ha ido varias veces, en realidad se acuerda poco. Mas nunca olvidará el paisaje de los contornos, los árboles de colores cambiantes, el aullido de un lobo solitario en una noche de luna llena, y las carreras de los vecinos, al día siguiente, diciendo que se iban «monte arriba a cazar al lobo». ¿Será que todos los lobos son malos?, se pregunta Daniel. ¿Es que no habrá lobos buenos? ¿Y los pequeños, los cachorros que se parecen tanto a Duque? ¿También a ésos hay que matarlos?

Lo que más recuerda Daniel de la casa de Paloma es el paisaje..., pero ahora también ese paisaje se ha quemado.

—¡Cómo debe de sufrir Paloma! —dice Daniel, y trata de quedarse dormido.

EL SUEÑO DE DUQUE tampoco es tranquilo y ya se le ha repetido muchas veces. Sueña con un chuletón saltarín, situado siempre en una zona alta, y cada vez que Duque se aproxima para atraparlo entre sus dientes, el chuletón pega un pequeño brinco y se pone a salvo.

Entonces empieza una persecución tenaz, siempre de subida, siempre con la boca que se le hace agua al pobre Duque, porque cuanto más lo persigue y más cerca está de atraparlo, su hambre va en aumento.

Duque, dormido, da pequeños gruñidos, bate la cola, mueve las patas delanteras, encoge las traseras y las acciona al mismo tiempo como para darse impulso. Olfatea, sacude las orejas, aspira con fuerza y de vez en cuando enseña los colmillos, sin maldad pero con hambre.

Y el chuletón saltarín, nada de caer entre sus dientes: va subiendo y escapando mientras Duque, cada vez más fatigado y con legítima hambre canina, decide no perseguirlo. Entonces, el chuletón se detiene y, en vez de alejarse, se aproxima a sus dientes...

Duque sonríe y suspira. Una dulce calma invade su cuerpo y luego ya no sueña más, pero se queda profundamente dormido.

ESA NOCHE DANIEL DUERME a sobresaltos. Se ha propuesto levantarse muy temprano y ver si realmente llegan los hombres de las palas mecánicas.

Cuando se despierta, ya ha amanecido. El chico corre al despacho de su padre, porque esa habitación tiene una gran ventana exterior, y se encuentra con la sorpresa de que su madre ya está allí, conversando con la tía Lola y con Paloma. Tienen la mirada puesta en la calle.

Y lo que Daniel ve le deja sin aliento.

De varios camiones, aparcados junto a tres bocacalles anteriores a la glorieta de Álvarez de Castro, descargan grandes planchones de metal.

—¿Qué van a hacer con ellos?

—Vallarán las aceras. Posiblemente sea cierto lo que te dijo el abuelo Joaquín.

—Es para no creérselo —comenta tía Lola.

En ese momento, la radio informa de que, aun estando a mediados de mayo, los primeros incendios forestales ya han empezado a desatarse en España. «Hay siete heridos en Valdeaguas y el fuego todavía no ha podido ser controlado», explica el locutor.

—Increíble —dice una vez más la madre—. Por un lado queman árboles y por otro los tiran para que los coches nos asfixien cada día más.

—Ahora entiendo a mi padre cuando asegura que «nos estamos cargando el mundo» —dice Paloma, que unta de mermelada el pan y se lo lleva a la boca.

—Pues yo todavía no lo comprendo bien —dice Daniel con toda naturalidad, y remueve el café con leche.

—¿De verdad no lo entiendes?

El chico asiente con un movimiento de cabeza y se queda aguardando una respuesta.

—Con los *sprays*, humos de las fábricas, coches, calefacciones y tanto fumador suelto, estamos destruyendo la capa de ozono, y si nos quedamos sin ella, el sol nos freirá como en una parrilla. Con los vertidos tóxicos, el petróleo y los desechos radiactivos en envoltorios tan inofensivos como las pilas secas, estamos destrozando las plantas y los animales marinos, contaminando el agua y produciendo las mareas negras. Talando y quemando bosques estamos fabricando desiertos. En conclusión..., nos estamos cargando el mundo.

—¡Caray! —Daniel frunce el ceño—. ¿Cómo es posible que sepas tanto? Supongo que porque eres una empollona... ¡Ay, perdona!... No quería decírtelo...

—Ya me lo has dicho, pero no importa; además, eso tiene algo de verdad —Paloma mira a su primo, él se ha puesto rojo como un tomate. Para calmarle el bochorno, la niña añade—: Nosotros tan contentos mientras el mundo empieza a acabarse. Debemos hacer algo, ¿no?

—Sí —asiente el chico, algo cortado.

—Hay que estar dentro de un incendio para sentir realmente lo que es. Yo, mientras lo veía por televisión, decía: «Eso les pasa a otros». Pero no es verdad, le puede suceder a cualquiera.

Daniel se queda paralizado. Su prima puede ser una empollona y andar preocupada por «no cargarse el mundo», pero todo lo que dice es verdad.

—Tal vez te aburro con estas cosas —dice Paloma, como queriendo disculparse.

—No, perdona. Si me he quedado callado es porque lo que dices es como para pensárselo dos veces. En las grandes ciudades todo lo tenemos a mano y nos olvidamos de los demás.

—Sois algo egoístas.

—Créeme, Paloma, hasta hoy no lo había pensado seriamente.

—De pronto te han dicho que se van a cargar tus árboles y te da pena.

—Sí, también me he puesto en tu pellejo.

—Lo importante es empezar; por eso estoy decidida a ser micóloga.

Daniel no sabe qué es eso. Está a punto de preguntarle en qué consiste esa profesión, pero prefiere no dejar al descubierto su ignorancia, y dice:

—Enhorabuena, serás de gran ayuda.

4 *Las primeras escaramuzas*

EN Valdeaguas se han unido los mil brazos del monstruo amarillo y el viento.

El fuego devora el bosque, alimentado por el aire que lleva entre sus dedos unas briznas encendidas y, varios metros más allá, hace brotar nuevas llamas. El incendio expande sus garras como por arte de magia.

El humo cunde por todas partes. Hacia el cielo despejado se levanta una humareda impresionante que se esparce a los cuatro vientos y, al verla, algunos voluntarios de los pueblos vecinos acuden a prestar su ayuda.

En lo alto roncan los helicópteros y, de tanto en tanto, aparecen los gigantescos aviones que planean hacia las zonas donde las llamas parecen más sublevadas. De sus panzas dejan caer unas cortinas espesas de agua que, rápidamente, desaparecen engullidas por el monstruo.

El padre de Daniel y el coronel Espínola han hecho un nuevo reconocimiento en helicóptero y consideran que se debe preparar un gran cortafuegos en el norte. Las llamas pueden arrasar, de un momento a otro, el conjunto más nutrido de casas del pueblo: la escuela, la iglesia, el ayuntamiento.

Unos a otros, los voluntarios se pasan la orden a grandes voces. Deben congregarse en la plaza para preparar el cortafuegos. Hay mucho nerviosismo y, mientras la gente se agolpa, suena la sirena de un coche patrulla. Todos se vuelven a mirarlo. En realidad, son dos coches de policía los que se desplazan hacia el centro del pueblo con rapidez. Flotan en el ambiente las ganas de saber qué ha pasado y el malestar se transforma en una angustia colectiva.

—Posiblemente hay más víctimas.

—¿Y por qué no utilizan las ambulancias?

—En las emergencias todo vale.

Chirrían los neumáticos. Los coches se detienen frente a la comisaría y sus puertas se abren violentamente. Varios policías descienden con mucha prisa. Los vecinos se miran intrigados sin saber qué motiva tanto alboroto.

Poco después, aparece un hombre esposado. Y toda la gente calla, nadie comprende bien lo que ocurre.

De pronto, surge una voz que paraliza a todos:

—¡Es el pirómano!

—¿Quién?

—El que ha provocado el incendio.

Es un hombre de estatura media. Lleva la ropa descompuesta y sucia; las manos, esposadas, y una camisa que le cubre el rostro sin apenas dejar al descubierto sus rasgos. Dos policías le cogen de ambos brazos y lo conducen hacia la comisaría.

—¿Quién es? ¿De quién se trata? —se preguntan. Nadie se atreve a desvelar un nombre o alguna pista.

Se suceden unos segundos de incertidumbre y la rabia contenida empieza a desbordarse.

—¡Vamos por él! —grita una voz desaforadamente.

Y todos, como impulsados por un resorte, avanzan hacia la puerta de la comisaría agitando los puños. Blanden las herramientas con las que han estado bregando contra el fuego o, simplemente, las ramas con las que sofocan, a golpe limpio, los nuevos brotes de las llamas.

Crece el vocerío y algunas piedras vuelan por encima de las cabezas. De pronto, el hombre siente que algo le golpea la frente, todo su cuerpo se estremece y ahoga un grito de dolor. La piedra le ha alcanzado la cabeza y un chorro de sangre mancha la camisa con que se cubre.

El presunto pirómano es introducido a empujones en la comisaría. Inmediatamente, se cierra la puerta con violencia. Fuera sólo quedan dos policías y el coronel Espínola. En el acto les rodea la multitud enfurecida.

Alguna piedra más va a estrellarse contra la puerta y las amenazas se multiplican.

—¡Alto! —grita Espínola, encendido como una guinda.

La gente, cansada y sudorosa, parece haber enloquecido de pronto y continúa avanzando. Esgrimen sus herramientas, ahora convertidas en armas. Insultan y desafían fuera de todo control.

El fuego cercano parece haber enardecido los ánimos. La cólera ha electrizado el ambiente.

—¡A por él! —truena una voz cavernosa.

—¡Que pague su crimen! —grita una mujer.

El coronel Espínola desenfunda su pistola, apunta al aire y acciona el gatillo un par de veces. Se produce el eco sordo y estremecedor de dos disparos. Entonces, la gente se paraliza de nuevo.

Alguien ha puesto un megáfono en las manos de Espínola.

—¡Alto!... Amigos —dice con voz vigorosa y fuerte—, no podemos tomarnos la revancha. Ese hombre ya está preso, y será la justicia la que determine cómo debe pagar su crimen.

Hay murmullos. Alguna voz dice que cualquier castigo es poco.

—La ley es la ley, señores —insiste el coronel Espínola—. No derrochemos nuestra energía en la venganza, sino construyendo el cortafuegos para salvar el pueblo, y ahora, por favor, atiendan: les va a hablar el ingeniero del Icona.

Luis coge el megáfono y da indicaciones muy claras. Señala dónde deben colocarse los jefes de grupo y el personal de apoyo, y de qué lado se tiene que cavar y almacenar ramas y arbustos para hacer el cortafuegos.

—Al fuego tenemos que derrotarlo con el fuego

—dice Luis, y los anima a que esta vez no se dejen vencer.

—NO VAMOS A QUEDARNOS cruzados de brazos, ¿verdad? —dice tía Lola.

Daniel siente que la madre de Paloma ha tomado muy en serio el problema, y la mira feliz. Se parece mucho a Rosa, pero es más delgada, más ágil y luce la piel más bronceada por el sol, tal vez porque siempre ha vivido en el campo.

—Llamaré al concejal presidente para que nos lo explique —decide Rosa—. Quizá únicamente van a vallar la calle, o tal vez hagan el aparcamiento y respeten los árboles. No me entra en la cabeza que después de tanta propaganda para que cuidemos y protejamos los árboles vengan aquí y destrocen los nuestros.

—¡Que no, el abuelo Joaquín ha oído que los tirarán de raíz! —machaca Daniel, molesto porque su madre todavía duda de sus palabras, y eso es lo más grave que le puede pasar.

—Puede ser —dice tía Lola, y le sonríe amistosamente.

—Yo no me fío demasiado del abuelo Joaquín —asegura Rosa, y trata de convencer a su hijo—. Daniel, debes asumirlo.

—Lo que ha dicho se ha cumplido —sostiene el chico.

—¡Bravo, así se habla, colega! —grita Duque.

—¡Duque, ya te he dicho que no ladres en casa! —le reprocha Rosa—. Cualquier día de estos te voy a poner un bozal.

—Tranquilo, Duque —dice Daniel mientras acaricia su cabeza peluda y de orejas caídas.

La madre de Daniel coge el teléfono y marca el número de la junta de distrito.

Le contesta una chica de voz muy melodiosa.

Amablemente le dice que nada puede hacer por ella; el concejal presidente llega a las diez de la mañana. Si quiere hablar con él, necesita una cita previa y debe solicitarla ya, para ser atendida a la semana siguiente, puesto que la agenda del concejal está completa, e insiste en ello como para abultarla todavía más.

—¿Y si se tratara de una emergencia? —pregunta la madre de Daniel al borde del enfado.

—Pues llame a la policía, a los bomberos o a una ambulancia —le contesta, muy seria, su interlocutora.

—Entiendo —dice Rosa con el ceño fruncido—. Ya llamaré después.

Al conocer la respuesta, todos se incomodan. Parece increíble. De todas maneras, Rosa dice que volverá a llamar a las diez y que el concejal va a oírla.

—¿Y ahora qué podemos hacer? —se inquieta Daniel.

—Primero, enterarnos bien de si realmente van a tirar los árboles, y luego, concienciar a todo el barrio para que proteste y se pueda detener tal monstruosidad.`

—¡Bravo! —grita Daniel—. ¡Eso mismo ha dicho el abuelo Joaquín!

Desde la calle llegan los ruidos de los planchones de aluminio que se estrellan contra el suelo. Como hormigas, rápidamente, los obreros los descargan, dispuestos a construir las vallas.

Poco después, cuando los chicos marchan al colegio, llega hasta ellos el feroz traqueteo de una perforadora mecánica. En alguna parte del barrio ya han comenzado a horadar el pavimento.

CAMINO DEL COLE, Javi pregunta a Daniel:

—¿Y qué dice tu prima?

—Nada. Anda preocupada porque nos estamos cargando el mundo y por eso de mayor será micóloga.

—¿Y qué es eso?

Daniel infla los carrillos y levanta los hombros:

—¡No lo sé!

—Supongo... que alguien que cuida micos.

—Puede ser. Ella es un poco rara, pero sabe muchas cosas. Además, está sufriendo la pobrecilla, pero aparenta estar serena.

Se les unen Juanjo, María José y los demás chicos alertados por Daniel el día antes, y que ya tienen en pie de guerra a sus familiares.

La noticia de que van a cortar de raíz los árboles

de la doble hilera que hay en cada acera de Álvarez de Castro ha corrido de boca en boca entre los alumnos y los profesores.

La señorita Macu, profesora de Daniel, acoge con mucha simpatía la idea de los chicos. Les recuerda el éxito de la semana de protección del medio ambiente que organizó el colegio, con especial incidencia sobre el tema de los árboles, y la visita que hicieron con ella al Jardín Botánico, donde descubrieron maravillas, desde plantas carnívoras hasta palmeras enanas.

—Contad conmigo. Amo los árboles y las plantas. Si quieren guerra, la tendrán.

Los niños aplauden entusiasmados.

El profe Ignacio, ecologista consumado, en un largo discurso asegura con orgullo que está muy feliz de que sean los propios alumnos quienes asuman la defensa de los árboles del barrio.

Al final, los niños le jalean a gusto y él también aplaude muy emocionado.

En cambio, el profesor Cándido dice que no apoyará la iniciativa:

—Eso de manifestarse en las calles y hacer pancartas es cosa de políticos, y yo he venido aquí con una sola misión —da un golpe sobre la mesa y agrega—: ¡enseñar las matemáticas! A ver, Pepín González: si el cuadrado de la hipotenusa de un número impar es mil veintinueve, ¿cuánto es la suma simple de los factores de esa cantidad?... Tienes tres minutos... ¡Los demás, a callar!

5 *Donde manda capitán, no manda marinero...*

EL hombre tiene la cara abatida, como si soportara un inmenso peso. Una gran venda le cubre la parte izquierda de su cabeza, donde recibió el impacto de la piedra. El comisario le lee sus derechos y le advierte que todo lo que declare puede ser usado en su contra. Si no quiere hablar, puede callarse y pedir la asistencia de un abogado.

—No necesito a nadie —le interrumpe el acusado, que tiene la mirada extraviada y de ayer a hoy parece haber envejecido.

—Nombre y edad —pregunta el comisario.

—Antolín Nieto Pardiñas, cincuenta y cuatro años.

—Estado civil, lugar de nacimiento y residencia.

—Viudo, sin hijos, natural y vecino de Valdeaguas Alto.

—Profesión y trabajo habitual.

—Soy agricultor desde que nací.

—¿Reconoces haber sido el causante del incendio forestal que se originó al norte del pueblo de Valdeaguas el sábado pasado?

—Yo no reconozco nada, señor —dice, carraspea, yergue la cabeza y grita sin pestañear—: ¡Yo soy inocente!

—Vaya, pero en tu casa encontraron dos bidones de gasolina y los retales de trapo que se utilizaron para encender el fuego —le recuerda el comisario sin inmutarse.

—Sí, pero yo no los utilicé.

—También hemos encontrado un mono de tu propiedad, que tenía parte de una manga chamuscada por el fuego.

—El mono puede ser mío, no lo sé, pero yo nunca me lo puse para encender un fuego.

El coronel Espínola se le acerca. Le mira tranquilamente.

—Antolín, ¿alguna vez has hecho una cosa y luego te has olvidado?

—No, señor —cierra los ojos y recapacita como si recordara algo—. Tengo buena la memoria, el juicio sano y claro el entendimiento.

—Caramba, eres un poco genio —dice con sorna el comisario, luego se pone muy serio y mira directamente a los ojos del acusado—. Si no has sido tú, ¿quién crees que puede haber provocado el incendio?

—Usted es policía, señor, y usted debe decírmelo, porque yo también quisiera saberlo.

—No te preocupes —le dice muy serio Espínola—. Vamos a averiguar quién ha sido, y te aseguro que irá a parar con sus huesos a la cárcel durante muchos años.

A LAS DIEZ DE LA MAÑANA, la madre de Daniel llama de nuevo a la junta de distrito de Chamberí.

La chica de la voz bonita le responde:

—Lo siento, no le puedo pasar con el concejal presidente porque está reunido.

—Acaba de llegar, ¿no?

—Oh, sí, pero la reunión ha empezado de inmediato.

Rosa se siente muy enfadada:

—Dígale que si no considera mi llamada, mañana tendrá en la puerta de su despacho a quinientos vecinos..., hasta que nos atienda.

La chica parece dudar.

—Un momento, no corte, veré qué puedo hacer por usted.

Y en el teléfono empieza a sonar el *Para Elisa* de Beethoven, que por estos días ha invadido todos los teléfonos.

—Dígame quién es usted y qué desea —dice al otro lado de la línea una voz nada amistosa y con una prisa que asusta. Pero la madre de Daniel es de las que plantan cara.

—Soy Rosa Sanjuán de Mora, vivo en Álvarez de Castro. Quisiera saber qué sucede con todo ese alboroto de vallas y obreros con máquinas que han amanecido hoy en mi calle.

—Vaya por Dios, señora; creía que se trataba de algo más grave —comenta él con aire burlón.

—Pues a mí sí me parece grave.

—Es muy simple, señora. Hemos empezado la construcción de un gigantesco aparcamiento para

52

utilidad de los vecinos, porque dará cabida a doscientos coches. Supongo que usted también será una de las beneficiadas.

—Eso quiere decir que tirarán el pavimento, nos harán una gran zanja y...

—Así es —le interrumpe—. Y no será una zanja, sino un gran túnel; no crea que vamos a poner los coches en el aire.

—Claro, significa también que van a tirar los árboles que tenemos a ambos lados de la calle.

—Sí, y es una pena, pero no hay alternativa. A cambio tenemos un amplio plan de forestación de otros parques, y al final todos saldremos ganando.

—¡Nosotros no!

—No la entiendo.

—Por más que pongan árboles en otros parques, perderemos para siempre los nuestros, y ya me dirá usted si eso es ganar.

—Bien, ya le han dicho que estoy reunido. Si usted considera que estamos lesionando sus derechos, tiene todas las posibilidades de plantear una reclamación. Adiós.

Y el concejal cuelga, sin esperar respuesta.

La madre de Daniel generalmente no dice tacos, pero esa vez sí suelta un par.

AL FINAL DE LA MAÑANA vuelve a sonar el teléfono del concejal presidente y la chica de la voz amable pregunta de qué se trata.

Soy el ingeniero Rocafuerte, me urge hablar con el concejal presidente —dice una voz apremiada por alguna necesidad.

—Ahora mismo, señor; no corte, le paso.

Poco después, los dos hombres están al habla.

—Diga, Rocafuerte, diga —dice el concejal presidente, siempre con grandes prisas.

—Aquí hay unos ancianos que se han puesto delante de la máquina perforadora con un cartel que textualmente dice: «Los viejos y los niños de Chamberí no permitiremos que maten los árboles de Álvarez de Castro», y están allí, firmes, jorobando.

El concejal se ríe a carcajadas y pregunta:

—¿Y usted se asusta por tan poca cosa?

—No me asusto. Lo que pasa es que se han plantado delante del hombre del barreno y no le dejan seguir trabajando. ¿Qué hago?

—¡Llame a la policía!

—¿Cree usted que es necesario?

—Mire, Rocafuerte, usted tiene que realizar un trabajo para el bienestar público. Si alguien se interpone, está obstaculizando ilegalmente el trabajo del ayuntamiento y no le queda más remedio que llamar a la fuerza pública.

—Es que me parece demasiado fuerte llamar a la policía por unos cuantos ancianos.

—¿Sólo son ancianos?

—No, también hay algunos niños, y varios perros.

—¿Qué?

—Así como lo oye, y si llamo a la policía, no creo que sea edificante que los retengan por estar obstaculizando el trabajo.

—Amigo Rocafuerte, llame a la policía. Lo que hacemos es por bien del vecindario, para modernizar la ciudad, y recuerde... Donde manda capitán, no manda marinero.

MINUTOS DESPUÉS suenan las sirenas de dos coches de la policía. Al oírlos, los ancianos se disuelven en unos segundos; también los niños y perros desaparecen como tocados por una varita mágica.

A los agentes los recibe el ingeniero Rocafuerte, pero nadie puede dar una explicación coherente de lo que pasa.

—Yo les juro que estaban aquí —dice Rocafuerte por toda disculpa.

Varios obreros afirman que minutos antes había un grupo de ancianos y niños delante de la máquina perforadora con un cartelón de papel con pintadas de color verde.

Los agentes escuchan las distintas versiones, permanecen allí unos minutos y luego se marchan.

Poco después aparecen, nuevamente, los niños y los ancianos, con su cartel, dando la lata a los hombres que taladran el pavimento.

El ingeniero Rocafuerte se pone rojo como una

cigala pasada por agua hervida, camina hasta los dos niños que sostienen el cartel, se lo arrebata y lo hace pedazos delante de sus narices.

El abuelo Joaquín se le enfrenta:

—¡Prepotente, más que prepotente! Por cada cartel que rompas, aparecerán cinco más.

—¡Llamad a la policía! —grita Rocafuerte a sus hombres, agarra con sus manazas las solapas de la chaqueta del abuelo Joaquín y lo levanta en vilo como a un muñeco mientras los obreros, por su parte, consiguen apresar a otros dos ancianos.

Duque no aguanta más. Se transforma en un perro muy bravo, ladra a todo pulmón, da un salto y se queda prendido del trasero del ingeniero Rocafuerte. Al verlo, los demás perros también se ponen muy fieros y se lanzan al ataque.

—¡Esto es una agresión! —chilla alguien.

Enfadado y rojo como una amapola, Rocafuerte libera al abuelo Joaquín y Duque también suelta a su presa. El hombre gira bruscamente y trata de dar un puntapié a Duque, pero el perro se pone a salvo de un salto, clava sus patas delanteras en la tierra, se empina levemente y gruñe, dispuesto a volver a la carga. El ingeniero ordena a sus hombres que dejen libres a los otros ancianos.

Y mientras Rocafuerte corre a un teléfono, los ancianos y los niños se esfuman una vez más.

A LA HORA DE LA COMIDA, Daniel y Duque aparecen jadeantes. El chico está pálido, desencajado y con la cara bañada en sudor.

—¿Puedo saber dónde has estado?

—Por ahí —dice, y contiene el aliento, asustado, lo que hace más evidente su agitación.

—Vamos a ver, Daniel, ¿en qué andas ahora metido? —le pregunta su madre.

Y el chico, sin inmutarse, le cuenta lo del incidente con la policía.

Al oírle, Paloma sonríe.

—¿Y quién ha tenido semejante idea? —se inquieta Rosa mientras se le suben los colores.

—Nosotros, los niños, Josema, Javi, yo...

—¿Todos habéis participado en ese follón? —pregunta tía Lola, sorprendida.

—Sí.

—Daniel, dime la verdad: ¿no habrá sido idea del abuelo Joaquín toda la ventolera esa?

—¡Que no! Nosotros se lo dijimos a los abuelos y ellos se prestaron sin rechistar y hasta nos echaron una mano con lo del cartel.

—Claro —dice Duque—. En un momento como éste, nadie tendría el coraje de mentir a su madre.

—¿Pero cuándo, si los niños acabáis de salir del colegio? —Rosa no lo ve claro.

—Pues ayer se nos ocurrió la idea y se lo dijimos al abuelo Joaquín. Cuando salimos del colegio, él nos aguardaba con el cartel.

Rosa contiene la respiración y atraviesa a Daniel con una mirada llena de aspereza:

—Me parece mal que actuéis por vuestra cuenta; de esa manera, en vez de ganar amistades podemos perderlas, y mucho peor enfrentándose a la policía —está muy seria, un leve sudor le brilla sobre la frente y Daniel nota su desencanto.

—Perdona, mamá —se disculpa—. No quería causarte ningún disgusto.

—A mí me parece que está muy bien lo que habéis hecho —dice Paloma, se levanta de su asiento, se aproxima a Daniel y le choca la palma de la mano.

—Vaya —comenta Duque por lo bajo—. Yo pensaba que esta niña era muda.

Rosa y la tía Lola mueven la cabeza demostrando su desaprobación.

Daniel mira a su prima con cariño. ¡Cómo ha crecido Paloma! Tiene el pelo recogido en una sola coleta, y no las dos antiguas, detestables, que la hacían una niñata. Cierra los ojos y le hace una pequeña inclinación de cabeza.

Ella le responde, sin decir palabra, con otro gesto similar.

—Echar los perros al ingeniero y a los obreros me parece una exageración —reprocha Rosa.

—Sí —confirma sin hacer mayores comentarios la tía Lola.

—Nosotros no les hemos echado los perros —protesta Daniel—. Duque se ha puesto furioso al ver que ellos cogían a los ancianos.

—Pues bravo por Duque y sus primos hermanos —insiste Paloma.

—Gracias, *colegui*, así se habla —dice Duque.

—Duque, no ladres, que tú también vas a cobrar —amenaza Rosa.

EN MADRID CAE LA TARDE.

Un extraño muro, color lata, ha crecido a lo largo de dos manzanas de Álvarez de Castro. Son vallas de metal que dan a la calle un aire de territorio sitiado. Un traqueteo, como el de una ametralladora de incógnito, destroza sin piedad el pavimento para que, posteriormente, unas palas mecánicas comiencen la tarea de dejar aquello como suelo arrasado.

La gente, incrédula y consternada, se detiene, mira sin dar mucho crédito a sus ojos, comenta sin entender bien lo que sucede la rapidez con la que se destroza el pavimento arreglado hace poco tiempo.

Los teléfonos de los vecinos no dejan de sonar. Unos a otros se convocan a las ocho de la tarde en el colegio de la señorita Macu.

En medio del ruido y la zozobra, el muro color lata sigue creciendo.

—¿ES QUE TODO FUE TAN RÁPIDO que no pudisteis salvar casi nada? ¿Estabais dormidos o qué?

—Peor que eso —responde Paloma sin alterarse—. Cuando empezó el incendio, no estábamos en casa.

—Claro, fue el sábado, ¿no? —puntualiza Daniel.

—Sí, aproximadamente a mediodía, y nosotros llegamos a Valdeaguas hacia las ocho de la tarde, cuando anochecía. Había un crepúsculo dorado y, de pronto, cuando sorteábamos la montaña, vimos que algo parpadeaba. Mi padre detuvo el coche y divisamos al norte del pueblo una muralla de fuego que avanzaba directamente hacia nuestra casa. Jamás vi correr tan desesperadamente a mi padre, ni nunca me pareció tan largo el camino como en ese trecho. Cuando llegamos, la gente trataba de combatir el fuego y habían comenzado a sacar algunas cosas fuera. Nuestra casa ardía por la parte trasera. Entramos atropelladamente y mi padre me ordenó que salvara lo que pudiera de ropa, mientras él, ayudado por varios hombres, sacaba los archivos, la biblioteca y los instrumentos del pequeño laboratorio. Luego nos obligó a mi madre y a mí a que no nos moviéramos. Él se coló, una vez más, en medio de las llamas, para rescatar un ordenador y unas colecciones de revistas científicas. Luego salió y la casa parecía un brasero. Ardía por los cuatro costados. Miré a mis padres, que estaban abrazados en la explanada. Tirado sobre el suelo, todo lo que habíamos podido arrebatar al fuego. Después llegaron los bomberos y un coche de la policía, pero muy poco pudieron hacer, porque el fuego aumentaba por todas partes.

Paloma ha palidecido. Tiene la respiración agitada a causa del esfuerzo que acaba de hacer.

—¿Qué sentiste?

—Rabia y pena. Ganas de llorar a gritos. De maldecir no sé a quién, de encontrar al culpable y estrujarle, no sé cómo decírtelo; ver que tus cosas y tu casa se destruyen es como si tú también te estuvieras muriendo —Paloma está furiosa y evita la mirada de Daniel.

—¿Qué es lo que te da más pena?

—Todo. La casa misma. Nuestra mecedora que daba al río y a la montaña arbolada de hayedos, unos árboles de hojas brillantes y rojas en otoño; mis juguetes, mi colección de hongos.

—¿Coleccionas hongos? —y Daniel hace un gran esfuerzo para disimular su sorpresa, porque eso sí le suena, francamente, a tonto.

—Sí, ya sabes que voy a ser micóloga.

La curiosidad puede mucho y el chico se decide a preguntar:

—¿Y qué es eso?

—Especialista en hongos y setas —Paloma nota la cara de pasmo de su primo y trata de explicarle—: Oh, es un mundo apasionante; tal vez otro día hablemos de él.

A Daniel le parece que aquello sí es una ilusión algo descabellada, pero prefiere permanecer en silencio.

—Todavía no me acostumbro a la idea de que, de pronto, tu casa y todas tus cosas queden destruidas por el fuego.

—Yo tampoco, Daniel. Me parece un mal sueño, y ojalá castiguen al culpable. Mi madre dice que la justicia debe ser implacable con los responsables.

La chica se pone en pie. Está furiosa, cruza el salón y se dirige hacia la ventana que da a la calle. Daniel no la sigue.

Poco después, Paloma se vuelve hacia él.

—¡Qué asco! —dice, y señala los árboles vallados con planchones de aluminio—. Como si fueran prisioneros en un campo de concentración, los pobres.

—Ya ves..., también esto es de no creerse.

—Mientras se puedan salvar, lucharemos por ellos, Daniel —dice Paloma con una extraña energía que Daniel agradece.

6 *El cortafuegos*

EL mismo alcalde enciende el cortafuegos. Las primeras ramas se abrasan, se retuercen y crujen vivamente. Luego, las llamaradas trepidantes aumentan con rapidez.

Se cruzan las miradas llenas de angustia y esperanza. Nadie disimula que una rabia contenida agita los nervios. El incendio controlado se expande atronadoramente. Sube una muralla de fuego para formar un gran espacio de material quemado. Se encontrará con el fuego vivo que avanza, se chocará con él y, al no encontrar nada combustible, tendrá que extinguirse.

Pese a la euforia general, el padre de Daniel tiene el semblante descompuesto. El coronel Espínola lo advierte y le pregunta de qué se trata.

—No me fío del viento; si cambia, nos arruina.

—No perdamos la fe.

—Tengo los dedos cruzados y he tocado madera, pero la dirección del viento es decisiva en los incendios.

Las llamas del cortafuegos han crecido, tan altas

que impiden la visión de cuanto pasa al otro lado de ellas. La combustión caldea los rostros y los hombres se alejan. Una humareda negra, compacta y violenta sube al cielo y parece nublarlo.

Por radio se avisa a la gente para que se repliegue. Y también a los pilotos de aviones y helicópteros se les ordena no sobrevolar esa zona.

Los vecinos de Valdeaguas van a por todas. Han trabajado febrilmente en la construcción del gigantesco cortafuegos y ahora tienen la gran esperanza de que aquello funcione.

Esperan y miran al cielo. Las lenguas de fuego abrasan todo a su paso; de tanto en tanto, aparece una liebre atónita y desesperada o algún pájaro que ya ha perdido las esperanzas de salvar los huevos de su nido y no le queda más recurso que huir atolondrado y triste.

CONTRARIAMENTE a lo que se suponía, muy pocos vecinos y padres de familia asisten a la reunión del colegio. Se aguarda media hora más por si llega algún rezagado, pero apenas aparece una pareja más. Se nombra un comité pro conservación de los árboles y Antonio Balop, abogado joven y prometedor, es designado presidente.

Se informa de la escaramuza llevada a cabo por el abuelo Joaquín y los niños. Varios de los asistentes jalean entusiasmados la iniciativa. Pero en ese instante pide la palabra Antonio Balop y recrimina esa acción, porque dice que no se trata de ganar un par de escaramuzas, sino una auténtica batalla.

Los abuelos callan y los niños también.

Con mucha seriedad, se recomienda a los protagonistas del incidente que no vuelvan a tomar iniciativas aisladas porque podrían perjudicar las acciones conjuntas del comité.

Esa misma noche se redacta un recurso de hábeas corpus que será planteado directamente al alcalde de Madrid al día siguiente, para que las obras se detengan, mientras se ve la forma de evitar que los árboles sean derribados.

—Se necesitan aparcamientos, pero no a costa de cargarnos los árboles —dice Balop, y todos le aplauden.

La gente empieza a ponerse de pie para retirarse con la esperanza de que las acciones planeadas tendrán efectos positivos. Además servirán para unir a los vecinos, que si bien muchos de ellos se conocían desde hacía muchos años, pocos eran realmente amigos.

Entonces interviene la señorita Macu:

—Nos hemos olvidado de algo fundamental —se miran como pillados—. Hay muchos vecinos a los que parece no importarles nuestro problema, y si hoy no han venido, significa que el tema no les ha conmovido tanto como para dejar sus ocupaciones y asistir. Debemos radicalizar nuestras acciones.

—¿Y en qué consistirían esas acciones? —le pregunta el doctor Balop.

—A partir de mañana vamos a entregar a los niños un volante para que lo lean con sus padres como una especie de tarea escolar.

—Me parece muy bien.

—Hay algo más... No veo ninguna razón en contra de que los vecinos, con mucho orden, nos manifestemos, salgamos a la calle con unas pequeñas pancartas para llamar la atención de los madrileños.

—Es imprescindible solicitar una autorización —dice Balop.

—¡Y mientras tanto caerán los árboles! —interviene el abuelo Joaquín.

—No podemos eludir los trámites.

—Nadie mejor que nosotros mismos para detener a cuantos quieran arrancar nuestros árboles —el abuelo Joaquín no quiere dar su brazo a torcer.

—De acuerdo, pero las disposiciones son para cumplirlas —insiste Balop.

—Bien —sonríe el abuelo Joaquín—. Vamos a esperar hasta pasado mañana, y si las excavadoras esas no se paran, seremos los viejos quienes nos pondremos delante de ellas.

A LA MAÑANA SIGUIENTE, los vecinos se despiertan con el ruido de las sirenas de la policía. Llegan tres coches patrulla.

Daniel y Paloma se asoman por la ventana y no

quieren creer lo que ven: todas las vallas de metal colocadas el día anterior están tiradas por los suelos. El muro de lata ha rodado por tierra.

Alguien, nadie sabe quién, aprovechando las sombras de la noche, ha desarmado, uno a uno, los planchones de las vallas de Álvarez de Castro.

—Para eso se necesita que alguien golpee, levante los clavos y haga ruido. ¿Cómo es posible que nadie lo haya oído? —se pregunta Rosa.

—Sobornaron a los vigilantes —opina Paloma.

—Tal vez no hay vigilantes —dice Daniel.

—O se fueron de copas —ladra Duque, en broma.

—Duque, no es cosa de risa —le llama la atención Daniel.

—Perdona —se pone muy serio Duque.

—Bueno, ahora sí se arma el follón —se preocupa Rosa, y mira a su hijo inquisitivamente—. ¿Quién ha podido ser?

—No lo sé —asevera el chico.

—Yo sí —comenta Duque, pero, afortunadamente, nadie aparte de Daniel le entiende.

EL INGENIERO ROCAFUERTE, alborotado, informa a la policía de que no ha habido daños materiales, pero sí la pérdida de un día de trabajo, y eso es muy grave.

—¿Es posible que no sintieran nada los vigilantes nocturnos? —se intriga el policía.

Rocafuerte suda, se abanica la cara con una mano, aspira con fuerza, levanta los brazos y confiesa:

—Anoche no se quedó ninguno.

—No puedo creerlo —dice el policía.

—Lamentablemente, ha sido así; me lo acaban de confirmar.

—Pues debieron hacerlo, porque con estas máquinas que tienen, alguien debería quedarse de noche a cuidarlas.

—Lo sé —insiste Rocafuerte—, pero no lo hicieron.

—¿Y cómo pudieron tirar las vallas?

—Muy simple —dice el ingeniero—. Por la parte interior tienen un sistema de fácil desmontado, y como son de aluminio, pesan muy poco.

—Entonces, ¿no son muy seguras? —duda el policía.

—Sí lo son, desde fuera hacia dentro; pero desde el interior pueden ser desmontadas con facilidad —Rocafuerte vacila un poco—. Son como una puerta: por dentro se abren rápidamente, pero por fuera no.

EL CHIRRIDO DE UN FRENAZO brusco sacude a todos. Giran la cabeza para ver qué sucede y se encuentran con el coche del concejal presidente, que ha cruzado veloz el distrito para personarse en el lugar. Alguien ha dicho: «Han destrozado las vallas de Álvarez de Castro», y él ha corrido a verlo personalmente.

Está muy enfadado. El jefe de la policía municipal se le acerca, le saluda militarmente.

—¿Están realmente destrozadas? —quiere saber.

—No, señor; las han tumbado por la noche, pero ninguna está rota.

—¿Atacaron a los vigilantes nocturnos?

El ingeniero Rocafuerte suda, se pasa el pañuelo por el cogote.

—La caseta para los vigilantes iba a ser instalada hoy, por eso nadie se quedó anoche.

—¿Es posible semejante descuido? —pregunta el concejal.

—Y muy lamentable —añade Rocafuerte.

—¡Usted es el responsable! —grita el concejal—. Estamos luchando contra el tiempo para inaugurar obras en Madrid y por un descuido tendremos que retrasar los plazos. Es inadmisible.

Se vuelve hacia el jefe de los policías municipales y le dice:

—Investigue a fondo, esto no puede suceder por arte de magia; hay que pillar a los responsables y aplicarles un castigo —nota que se han aproximado muchos vecinos y eleva la voz para ser oído por todos—. Actuaremos sin piedad en contra de quienes se opongan al avance de Madrid, porque ya he recibido varias llamadas amenazantes para no proseguir las obras.

—Es que nos quieren tirar nuestros árboles —interviene una mujer joven.

70

—¿Y qué? Caerán unos veinte o treinta árboles, pero solucionaremos los problemas de aparcamiento y circulación de la zona.

—Señor —le dice un anciano—, en las tres calles de Álvarez de Castro hay más de cien árboles, no veinte.

—Y nosotros vamos a construir aparcamientos para doscientos coches y plantaremos miles de árboles.

—Sí, pero ¿cuántos de ellos en esta calle?

El hombre duda.

—Qué sé yo... Algunos, supongo.

—Ya ve. Perderemos nuestros árboles.

El concejal mira a su interlocutor con enfado, pero también advierte que se han juntado muchos vecinos y curiosos.

—Esto es un desacato —insiste muy nervioso—, y los culpables serán sancionados.

CON LAS MANOS ESPOSADAS, cabizbajo, envuelto en pensamientos que parecen alejarlo del mundo, el primer sospechoso del incendio de Valdeaguas, Antolín Nieto, es trasladado a Oviedo en un furgón policial.

Un grupo de vecinos de Valdeaguas se habían reunido y se habían puesto de acuerdo para entrar por la fuerza en la comisaría, sacar al detenido y darle una soberana paliza.

Ese rumor llegó a los oídos de la policía, y por

esa razón decidieron llevar al presunto pirómano a la capital del Principado.

En Oviedo, el jefe de la policía le interroga. Antolín Nieto proclama de nuevo su inocencia.

—Yo que tú me buscaría un buen abogado —le sugiere el policía—, que te aconseje bien y dejes de insistir en tu terca negativa a reconocerte como el autor del incendio, cuando todas las pruebas te acusan.

—No necesito abogado, soy inocente; además, no tengo dinero para pagarlo —dice Antolín Nieto con la cara brillante de sudor.

—Te pondremos un abogado de oficio para que te defienda.

—No lo necesito, repito; soy inocente.

El policía se limpia una gota de sudor. Se acerca al preso. Lo mira de frente.

—No basta con pregonar tu inocencia; debes demostrarla. ¿Dónde estuviste cuando se produjo el incendio?

—Aquí, en Oviedo.

—¿Pretendes burlarte de mí?

—No le miento, y hay algo muy importante.

El policía calla. Mira de nuevo al preso, inquisitivamente. El acusado está muy pálido, tiene los labios resecos, sus arrugas parecen haber aumentado y su piel se ha curtido todavía más.

—Dime, soy todo oídos.

—El incendio se inició en mis terrenos... ¿Cree usted que un agricultor de toda la vida, como yo, va a quemar sus propias tierras?

—Creo que no, pero ¿cómo sabes que se inició en tu propiedad?

—Cuando llegué, todos mis árboles habían ardido, y si el fuego no alcanzó mi casa es porque está aislada, en la colina, y al parecer las llamas se desviaron hacia el norte... Mis animales han muerto, se destruyeron mis cercas y mis avellanos... Mis vecinos me contaron que el fuego empezó por esa parte —hace un alto, fatigado por haber hablado casi sin parar; levanta la cabeza, mira al policía y añade—: ¡Créame, yo no provoqué el incendio!

—Es muy difícil apagar el fuego con aceite —le comenta el agente—. Todas las pruebas están en contra tuya; confesarás tarde o temprano.

7 *Las primeras derrotas*

AHORA todo depende del cortafuegos para contener al monstruo amarillo que avanza hacia la parte más poblada de Valdeaguas.

Luis y el coronel Espínola, a bordo de un helicóptero, contemplan la evolución del fuego y del cortafuegos.

—Funciona a la perfección —se alegra el coronel Espínola, con la vista clavada en la muralla casi recta y uniforme que, literalmente, arrasa un gran espacio.

—El foco principal también avanza directo hacia el cortafuegos; se tocarán y habremos salvado el pueblo —dice Luis.

El helicóptero parece una libélula suspendida en el aire nublado y espeso, por el humo que asciende, como las bocanadas de un volcán en erupción, emborronando el cielo. De pronto el aparato pierde estabilidad, se tambalea, se inclina levemente y vuelve a sacudirse.

—¿Qué pasa? —Luis siente que se le corta la respiración.

—Es un súbito viento cruzado —le responde Espínola—. Tendremos que elevarnos.

Las palas giratorias del rotor aumentan su velocidad, roncan en el aire y el aparato comienza a subir, pero su estructura sigue vibrando.

—Cuidado, el viento va en aumento.

—¡Sí! ¡Mira!

El fuego que se dirige hacia el pueblo amplía su tamaño, se inclina a favor del viento y parece cambiar de dirección.

El cortafuegos llega a su máxima intensidad, y poco después comienza a extinguirse. Deja una carretera desnuda que impedirá que las llamas triunfen.

—¡Perfecto!

—Lo estamos consiguiendo.

Sin embargo, de pronto los hombres enmudecen y se resisten a creer lo que sus ojos ven.

El viento cruzado hace cambiar de rumbo al foco principal y el torbellino de fuego se extiende hacia el lado opuesto, como empujado por un soplo invisible.

El monstruo amarillo parece adivinar la trampa que le han preparado: retuerce sus brazos crepitantes, ondula su cuerpo movedizo y modifica su camino siniestro.

Mudos de asombro, los dos hombres se miran entre sí. Sin saber qué decirse, ante sus ojos se cierra una esperanza... El cortafuegos, en su momento culminante, ha fracasado.

—Me lo temía —dice Luis—. El viento ha echado por tierra todo nuestro esfuerzo.

—¿Qué hacemos ahora?

—¡Atacar el fuego principal!

El coronel Espínola llama a los helicópteros y a los aviones que aguardan su orden, les comunica urgentemente el fracaso del cortafuegos y ordena que se centren en el foco más importante.

—¡Todos a él! —grita, furioso—. ¡Tenemos que eliminar ese frente!

Luego, apenado pero con palabras enérgicas, informa del fracaso a las brigadas de a pie y les pide que redoblen su trabajo para acabar con el fuego principal. Nadie rechista ni objeta nada; los esforzados voluntarios también sienten que se les diluye una ilusión y, sin pensárselo dos veces, corren como hormigas con las mangueras en ristre.

El gran fuego se aleja de la zona poblada de Valdeaguas, aunque cada vez se hace más poderoso.

UN GRUPO DE VECINOS del barrio, encabezados por Antonio Balop, entrega al alcalde de Madrid el recurso de hábeas corpus. Solicitan que se prohíba de inmediato la tala de los árboles de su calle.

El alcalde los recibe con mucha cortesía, pero les dice que los trabajos no pueden paralizarse. Enfatiza que el progreso de la ciudad demanda algunos sacrificios y que todos los vecinos están obligados a colaborar.

—De acuerdo —dice el abuelo Joaquín—, todo lo que usted quiera, pero sólo una cosa: que no toquen nuestros árboles.

De nuevo el alcalde plantea argumentos en su favor.

Por su parte, los vecinos tampoco quieren dar un paso atrás.

Finalmente, el alcalde accede a que de momento los árboles no sean tocados y que una comisión de expertos vea la forma de hacer una modificación en el plano inicial. Promete que por lo menos una hilera de árboles de cada acera quedará a salvo.

Sin embargo, al despedirse, el alcalde advierte con mucha severidad que deberán acabarse todo tipo de intromisiones de «ancianos, niños y perros obstaculizando el trabajo».

—Por el bien de todos —dice—, prefiero ignorar los incidentes de los días anteriores. Señores, quiero que comprendan con toda claridad: ¡los trabajos no se pueden detener!

EL ABUELO JOAQUÍN está sentado en el último banco de la calle, cerca de la glorieta del General Álvarez de Castro. Le rodean varios niños y perros.

—Antes —dice con voz melancólica, y aspira el aire con vigor, como si fuera a quedarse sin él— aquí, precisamente, terminaba Madrid.

—¿Como cuánto antes? —le pregunta Daniel.

—Uuuh, hace muchísimos años. Yo era entonces un chavalín casi de tu edad, y acompañaba a mi madre y a mis hermanas a lavar la ropa.

—¿Al río?

—No, hombre; aquí, a este mismo lugar. Había mucha agua.

—Sería una vez por semana, ¿no? —le dice Paloma.

—Qué va. Casi todos los días.

—Erais muchos hermanos.

—Sí. Fuimos cinco, pero mi madre no venía sólo a lavar nuestra ropa, porque tampoco teníamos mucha. Éramos muy pobres... Mi madre y mis hermanas hacían la colada para el vecindario.

—¿Y tu padre?

—No lo sé. Yo no le conocí. Madre decía que se marchó al extranjero y olvidó el camino de retorno.

—¿Y cómo es que había tanta agua aquí? —le interroga Daniel mientras pasea la mirada entre los edificios grises y el rejuvenecido verdor primaveral de la plazoleta.

—En este mismo lugar existían unos grandes manantiales y a ellos venía la gente a recoger agua y a lavar la ropa. Cuando Madrid comenzó a crecer, los canalizaron y luego hicieron esta glorieta. Y ahora todo esto está muy céntrico.

—¿Y había árboles?

—Sí, muchos, y prados, de aquí para arriba. Las lavanderas tendían allí la ropa escurrida y yo cuidaba que no se volara con el viento al secarse.

—En el pueblo, junto a mi casa, también había

muchos árboles, pero ahora se han quemado —dice Paloma.

—Es una gran pena, pero tú eres joven y podrás verlos crecer algún día... Los viejos ya nunca volveremos a ver un bosque incendiado, aunque lo planten inmediatamente.

Daniel mira los árboles de su calle.

—Éstos nunca van a desaparecer —afirma el chico, y le brillan los ojos de entusiasmo.

—Ya... —dice el abuelo.

Pocos metros más abajo, hay un ruido ensordecedor, como el traqueteo de unas ametralladoras que se hubieran vuelto locas. Son las perforadoras mecánicas, que no paran de romper el pavimento mientras las hojas de los árboles se agitan con la vibración de los taladros.

EN OVIEDO, el juez interroga al presunto pirómano Antolín Nieto. Y el hombre niega con la mayor frialdad, una vez más, todos los cargos que se le imputan. Ratifica que no estuvo en Valdeaguas cuando empezó el fuego, el mediodía del sábado.

—Tuvo que estar usted en alguna parte y tener algún testigo que realmente acredite que no permaneció en el lugar de los hechos —le insiste el juez.

—Estuve en Oviedo.

—Dígame detalladamente a qué fue, qué hizo y si existe algún testigo.

Salí por la mañana de Valdeaguas y estuve exactamente al mediodía en la casa de Francisco Canales.

—¿Y puede el señor Canales corroborar esa afirmación suya?

—No. Porque no lo encontré. Aguardé hasta las cuatro de la tarde por los alrededores y no volvió.

—¿Y qué tenía que hacer con el señor Canales?

—Pagarle una deuda de dos mil duros que le tengo desde hace varios años.

—Ni le encontró ni le pagó, claro.

—Así es.

—Tampoco habló con ninguna otra persona y volvió a Valdeaguas con el último autobús. Llegó allá hacia las siete de la tarde. Su terreno había ardido, pero su casa no porque está en una pequeña colina.

—Sí, señor.

—Por tanto, no tiene ningún testigo serio que pueda servirle.

—Tengo un testigo, aunque tal vez no sea muy serio.

—¿Ah, sí? ¿Me puede decir quién es?

—Una niña... Se llama Paloma Mora... Ella me vio en Oviedo a mediodía cuando iba a casa de Francisco Canales. Nos encontramos, nos hicimos adiós con la mano y sonreímos.

—¿Y le vio también alguna persona mayor que estuviera junto a la niña?

—No.

—¿Qué edad tiene esa niña?

—Unos nueve o diez años, no lo sé.

—¿Y de dónde la conoce usted?

—Vive en Valdeaguas y la he visto crecer desde pequeñita... Por favor, señor juez, cítela a declarar y ella confirmará lo que le digo.

El juez se queda meditando.

—La autoridad hablará con sus padres. Si ellos o la niña no aceptan, la menor no tiene ninguna obligación de ser citada a este despacho.

—ESTÚPIDO Y CÍNICO. Un auténtico miserable —dice el padre de Paloma. Por lo general no pierde la paciencia, pero esta vez sí está muy enfadado. Tiene la cara congestionada y hace un esfuerzo por disimular su cólera, pero no puede—. Sinceramente, me parece absurda toda esa historia. Que ese pirómano infame diga que vio a mi hija en Oviedo y conversó con ella, debe ser una patraña.

—¿Estaba en Valdeaguas ese hombre cuando empezó el incendio?

—No lo sé. Recuerdo que me saludó y le vi en algún momento durante la extinción del fuego. Debió de haber oído que mi familia y yo estuvimos en Oviedo y se vale de una cosa así para eludir su responsabilidad.

—Amigo mío —le dice el coronel Espínola—, de todas maneras, se trata de averiguar la verdad, y yo te pediría que al menos converses con la niña por teléfono.

—¡No lo haré! —se obstina el padre de Paloma—. ¡El muy desgraciado, decir una cosa así e implicar a mi hija!

Luis mira a su cuñado.

—Comprendo tu desazón —le coge del brazo—, pero es justo reconocer la presunción de inocencia de un acusado. Yo que tú lo haría.

El padre de Paloma parece meditarlo, se encierra en un largo silencio. Por sus ojos se suceden las imágenes vertiginosamente, como en una película a cámara rápida: el fuego que devora sus cosas, la cara de Paloma, su carrera desde la montaña para llegar a la casa que arde, el humo que le asfixia, los rostros de sus amigos que le miran impotentes, la mirada atribulada de Lola, los ojos de su hija que lloran. Por fin se vuelve hacia sus amigos, que le observan anhelantes y en silencio, y la gran pregunta continúa flotando en el ambiente: ¿Y si realmente ese infeliz no fuera culpable...? Al final, se decide.

—Bien. Lo haré exclusivamente porque vosotros me lo pedís —dice—. No sé cómo reaccionará mi hija. Es muy joven, pero tiene su forma de pensar.

Luis marca el número de su teléfono en Madrid y le contesta Daniel.

—Hola, chavalote —le saluda—, ¿está por allí tu prima Paloma? Dile que su padre quiere hablarle.

—Ahora te la paso —responde Daniel, y llama a grandes voces a su prima.

La chica aparece a toda prisa.

El padre de Paloma coge el teléfono.

—Mi niña, soy yo —dice—. Mira, la policía ha descubierto al que causó el incendio de Valdeaguas y el hombre se ha declarado inocente porque dice haber estado en Oviedo a la hora en que se inició el fuego, el sábado a mediodía. Asegura que tú le viste y hablaste con él. En su defensa ha pedido al juez que declares como testigo.

Paloma está muda de asombro. Se queda por unos instantes paralizada y, finalmente, atina a preguntar:

—¿Cómo se llama ese hombre?

—Antolín Nieto Pardiñas. Vive en la parte alta del pueblo.

—¡Nunca he oído ese nombre! ¡Nunca! —insiste Paloma, y la emoción le provoca un sollozo. El teléfono le tiembla en la mano—. Si ha incendiado el pueblo y nuestra casa..., ¡es un mierda y que se vaya a la cárcel!

—Paloma, por favor, no te pongas así.

—¡No lo conozco! ¡No lo conozco de nada! —grita la chica.

—Tranquila, nadie te obligará a que declares, ¿sabes? —le dice su padre, hace un breve silencio y para calmarla le pregunta—: ¿Y cómo van las cosas por Madrid? ¿Qué tal te llevas con Daniel?

—Todo bien —responde, y se limpia unas lágrimas—. Daniel es muy majo. Está intentando evitar que los del ayuntamiento tiren los árboles de su calle porque van a construir un aparcamiento, un paso a distinto nivel y no sé qué cosas más.

—¿Van a derribar los árboles de Álvarez de Castro? —repite él—. Es para no creérselo.

—Sí —dice la chica con más aplomo—, como las cosas que dice ese tal Antolín Nieto.

8 La ofensiva del abuelo Joaquín

EL abuelo Joaquín dice que la tristeza es como un fantasma envuelto en un largo vestido amarillo, pero que basta una sonrisa para que huya despavorida.

Y Paloma no sonríe, vive como dentro de una burbuja de tristeza. Trata de disimular, pero Daniel advierte que su prima sufre. Lo adivina en su mirada melancólica, en sus pocas palabras al conversar. La llamada de su padre, hablándole del pirómano de Valdeaguas, le ha removido los recuerdos y la pobre lo pasa muy mal.

El chico quiere contribuir de alguna manera a que supere ese mal trago, pero no sabe cómo alegrarla un poco. Camina hasta la cocina y encuentra a Rosa.

—Paloma está muy apenada, mamá; quisiera ayudarla, pero...

—Pues háblale de las cosas que a ella le gustan.

Daniel se queda en silencio. Meditando.

—Me ha dicho que quiere ser micóloga, y yo no sé nada de eso.

—Pregúntaselo a ella y seguro que te contará cosas muy interesantes.

Agradece con una sonrisa la sugerencia de su madre. Camina hasta el salón donde la chica hojea una revista. Se sienta junto a ella.

—Me prometiste que un día hablaríamos de la micología.

—Sí... —dice Paloma con un hilo de voz.

—Me encantaría saber todo sobre eso.

—Yo tampoco lo sé todo —dice ella, y sonríe levemente—. Algo te diré. La micología es una ciencia que estudia los hongos y las setas. Hay catorce mil variedades en el mundo.

—¡Hala! —se asombra Daniel, abre los ojos desmesuradamente y recuerda los cuentos que leía de pequeño—. Yo creía que existían sólo las venenosas, que se comen los sapos y son nidos de duendes y brujas malas y pueden matar a las personas, y las que no son venenosas, como las setas y los champiñones, que están muy deliciosos a la plancha.

—Dicen que los hongos gobiernan el mundo —explica Paloma—, especialmente los invisibles. Están en la levadura que se usa para hacer el pan y la cerveza, en los fermentos de los licores, en los yogures, en muchísimas medicinas, como la penicilina, la tetraciclina y tal...

—Vaya, no lo sabía.

—Y hay otra ventaja más: buscar hongos es todo un deporte —se le encienden los ojos a Paloma—. Después de un día de lluvia, cuando todo huele a campo, tú vas descubriéndolos en los sitios menos esperados... Te lo pasas de miedo. Dime: ¿a quién no le gusta salir de excursión al campo?

—Es verdad...

Y Paloma, con gran conocimiento del tema, le detalla a su primo muchas características de los hongos que dejarían boquiabierto a cualquiera.

Paloma ha vuelto a sonreír.

Pero de pronto, como impulsada por un resorte, desde dentro de sus ojos rueda una lágrima veloz por sus mejillas.

Daniel se siente fatal. Mira a Duque.

—Tranquilo —le dice su amigo—, tú has tratado de ayudarla.

Paloma enjuga con rapidez la lágrima inoportuna. Una leve sonrisa enciende sus labios.

—Daniel, perdona, soy una chica tonta.

—El abuelo Joaquín dice que llorar, de vez en cuando, refresca el alma —atina a decir él, tratando de consolarla.

Paloma sonríe de nuevo.

—Yo no sabía que en los hongos venenosos viven las brujas malas.

—Endriagos, gnomos, ogros diminutos, trasgos, hadas perversas y otros espíritus traviesos.

Ambos ríen.

Paloma se sienta junto a su primo y le relata cosas del campo, de sus caminatas en busca de hongos, de cómo encuentra animales pequeños y de lo mimosos que son todos, del perfume y los colores que tiene el bosque en cada estación del

año. Daniel descubre que, efectivamente, aquello puede ser una gozada.

En ese momento llaman a la puerta. Los dos niños corren a ver quién es y frente a ellos aparece la figura del abuelo Joaquín. El anciano se abanica con las palmas de las manos. Está visiblemente alterado, respira con dificultad.

—¡Daniel! —dice sin que la agitación se le calme—. ¡Ya han derribado dos árboles, y seguramente caerán más si no los paramos a tiempo!

—El mismo alcalde de Madrid prometió que no los tocarían.

—Lo sé —dice el abuelo Joaquín—, pero ya ves.

Acuden las madres de los niños y el abuelo les detalla el suceso. Todos se trasladan hasta el segundo semáforo de la calle, y a través de una rendija, por la que otros ancianos observan aunque los obreros tratan de taparla, pueden ver que en el lugar donde antes crecían las ramas ahora están, precisamente, sólo las raíces.

—¿Qué ha pasado? —pregunta el abuelo Joaquín a otro anciano que anda por las inmediaciones.

—Han cavado hondo, muy cerca de las raíces, y por su propio peso los árboles han cedido. Igual pasará con los demás.

—Algunos son árboles añosos, ya no resisten —dice un obrero.

—¡Hay que manifestarnos, poner carteles...! ¡Los viejos y los niños nos vamos a plantar delante de las excavadoras! —el abuelo Joaquín toma aliento y se dirige a los adultos—: ¡Vosotros, avisad a todos los medios de comunicación, a la radio, a la televisión, a la prensa; es lo único que nos queda!

LA ESTRATEGIA DEL ABUELO Joaquín da resultado. Al día siguiente, los diarios, emisoras y canales de televisión informan que los niños y los ancianos de la madrileña calle de Álvarez de Castro han tomado el barrio ante el incumplimiento de la palabra del alcalde.

En la confluencia con Eloy Gonzalo, donde miles de vehículos se desplazan hacia el este de la ciudad, aparecen banderolas y carteles alusivos a la protesta.

Se insiste mucho en que el alcalde había prometido que los árboles serían respetados, pero que ya, cuanto menos, tres han caído.

Los medios de comunicación critican que, mientras el incendio de Valdeaguas continúa causando estragos en el norte del país y se lanzan campañas de protección de la naturaleza, hay quienes se han propuesto acabar con los árboles de Madrid.

En el telediario aparece el abuelo Joaquín en medio de un corro de niños. Una periodista le pregunta:

—¿Hasta cuándo permaneceréis aquí?

—Hasta que el alcalde ordene la paralización de las obras.

—¿No es eso atentar contra el desarrollo de la ciudad?

—Ninguna ciudad a la que le destrozan sus parques y sus zonas arboladas para plantar cemento se desarrolla.

—¿De quién ha partido la idea de salir a la calle?

—De nosotros, los viejos y los niños, que somos quienes más disfrutamos de los árboles, porque hay gente que anda siempre tan ocupada que casi no reparan en los parques; ellos sólo quieren más comodidades y... ¡hala, a destrozar la naturaleza para hacer más aparcamientos!

—¿Sabéis que todos los medios de comunicación de Madrid están con vosotros?

—Sí, os lo agradecemos y pedimos que nos sigan apoyando hasta que se revoque la orden de continuar destrozando nuestros árboles.

—Sí, pero el alcalde no ha ordenado talar árboles. Se han caído porque han cedido sus raíces a causa de las zanjas abiertas.

—Por esa razón estamos aquí. No tocarán los árboles, pero seguirán cavando zanjas muy cerca de las raíces y entonces todos los árboles terminarán derribados. Eso queremos evitar.

—En definitiva, ¿qué pedís?

—Que cesen las obras y se haga un nuevo estudio para el túnel que quieren construir, y cualquier árbol que caiga debe ser reemplazado.

EL INGENIERO ROCAFUERTE llama desesperadamente a la policía.

—Dígame —le responde una voz al otro lado de la línea.

—Soy el director de las obras de la calle Álvarez de Castro —dice Rocafuerte—. Quiero protestar porque nos habían prometido dar protección policial contra los niños y ancianos que entorpecen nuestro trabajo y, por tanto, le exijo que envíen de inmediato un contingente para poner las cosas en orden.

—¿Se han producido desórdenes?

—¡Pues sí, y muy graves!

—Dígame de qué se trata.

—Han puesto banderolas y pancartas. Los ancianos y los niños obstaculizan la labor de las máquinas excavadoras y no nos dejan trabajar.

—Siento comunicarle que no iremos —dice el policía.

—¿Y eso?

—Hay una orden expresa del alcalde para que la policía municipal no intervenga y los ancianos y niños se manifiesten como quieran.

—¿Del alcalde de Madrid? —se alarma Rocafuerte.

—¿Ha visto los periódicos de hoy?

—Todavía no.

—Todos acusan al alcalde de derribar árboles en el corazón de Madrid... Conque ya lo sabe: únicamente intervendremos en caso de algún desorden grave. El alcalde ha sido contundente; ha dicho: «Porque unos viejos y unos niños se manifiesten, no pasa nada». Así que ya lo sabe usted.

PALOMA ASISTE A LAS CLASES de Daniel. Chicas y chicos la acogen con amistad. La señorita Macu no puso el menor reparo cuando se lo pidió Rosa. Al contrario, dijo que se sentía muy feliz de colaborar con ella.

Los chicos salen del colegio al mediodía y van rápidamente a casa. En la calle los aguarda un grupo de ancianos presidido por el abuelo Joaquín.

Al verlos, don Joaquín corre hacia ellos.

—¡Daniel, Paloma! ¡Ha sucedido algo muy grave!

—¿De qué se trata?

—¡No lo sabemos, es un misterio! —dice con las palabras que parecen ahogarlo—. Es que de pronto han cesado todos los trabajos, los obreros se han concentrado en la glorieta y han reforzado la vigilancia cerca de la valla. Ha venido el ingeniero Rocafuerte con otros hombres desconocidos, y hasta el mismísimo concejal presidente.

—Tal vez un accidente grave.

—No lo creo, no han venido ambulancias, ni la policía.

—Pienso que han encontrado algún tesoro —dice un viejo de boina negra y cara sonriente.

—Tal vez unas ruinas de los romanos —comenta don Federico, el abuelo de José.

—O un cementerio clandestino —afirma el abuelo de Juanma.

—¡Ay, Dios, toca madera, hombre! —le dice su mujer, que también está metida en la lucha contra el derribo de los árboles.

—Insisto en que tiene que ser un tesoro —dice don Miguel, el abuelo de Javi.

—Bien, lo cierto es que, como por arte de magia, todos han dejado de trabajar desde más o menos las diez de la mañana y, mira, ya son casi las dos. Si no se tratara de algo muy gordo, no tendrían por qué haber parado desde hace cuatro horas.

—¡Vamos a ganar, abuelo! —exclama Daniel lleno de felicidad, y le palmea el hombro—. Vamos a comer y luego al cole. Volveremos a vernos a las cinco y media.

Los chicos salen corriendo y no paran hasta la casa. Les abre la puerta la madre de Paloma, los recibe con un beso, mira a su hija y le pregunta:

—¿Quieres conocer al culpable del incendio de Valdeaguas?

La niña se queda de piedra por unos segundos. Luego, asiente con la cabeza sin decir una sola palabra.

La madre le muestra un periódico con una gran fotografía del presunto culpable, en primer plano, y con una leyenda al pie que dice: *El pirómano de Valdeaguas se declara inocente: hay nueve heridos, han ardido veinte casas y miles de hectáreas de bosque.*

Paloma lo observa muda de asombro.

—Es Antón, el de la casa de la colina.

—Sí —dice la madre sin disimular su enfado—, y parecía buena gente. En realidad, se llama Antolín Nieto. Yo también le conocía sólo por Antón.

—¡Madre...! —grita Paloma, abre los ojos desmesuradamente y una extraña palidez empieza a invadirla—. ¡A este hombre lo vi en Oviedo el sábado al mediodía!

—¿En el momento en que se inició el incendio?

—¡Sí!

—¿Estás segura?

—Que sí. Habíais entrado papá y tú en una tienda y yo me quedé mirando el escaparate, en la calle; entonces pasó Antón, me sonrió y me saludó con la mano.

—¿Sois amigos? —pregunta Daniel.

—Hace muchos años que vive en la colina, pero no habla con casi nadie, de un saludo nunca pasa —dice la madre de Paloma.

—Es verdad —confirma la chica.

—Entonces, es cierto que él te vio y te saludó en Oviedo.

—Sí —dice Paloma—, y yo le dije a papá que no le conocía, no sabía su nombre.

—Lo justo es que digas a la policía que lo viste en Oviedo cuando se iniciaba el incendio en Valdeaguas —comenta Daniel.

La madre de Paloma coge de los hombros a la chica, la mira a los ojos.

—Piénsalo bien, hija —le dice con mucha calma—. Tu testimonio puede salvar de la cárcel a ese hombre... y tal vez sea el verdadero culpable.

—Mamá, yo le vi el sábado a mediodía en Oviedo.

—Hay que comunicárselo a tu padre para que se lo diga al juez, y ya veremos qué pasa.

9 *La fuerza de los enigmas*

Esta noche hay luna llena y parece especialmente grande, tanto que se pueden ver las montañas que motean su cara pálida, de un extraño tono crema.

Daniel, Paloma y el abuelo Joaquín suben discretamente hasta el ático de la casa de Juanma, que, en secreto, les ha franqueado las puertas.

El ático está en un séptimo piso. Desde allí, las calles de Madrid se dibujan entre bloques de edificios envueltos en una leve y misteriosa neblina, casi de tono ámbar por las luces del alumbrado público, que a su vez producen, hacia el horizonte, un efímero resplandor como si ya llegara el alba.

Pero no. Es noche cerrada. Mucha gente duerme. El anciano y los tres niños se deslizan sin ser vistos por el ático del 26 de Álvarez de Castro, desde donde piensan conseguir alguna pista para descifrar el misterioso suceso que ha ocasionado la paralización de las obras.

Para facilitar todavía más el cuidadoso trabajo de espionaje, Daniel lleva los prismáticos de su padre, de esos que permiten la visión nocturna y que muestran todas las cosas de color verde.

El abuelo hace la primera observación. Cuidadosamente, centra la imagen y luego se queda tieso, casi petrificado.

—¡No me lo puedo creer! —susurra, pega una vez más los binoculares a sus ojos y pasea la mirada de uno a otro sitio.

Los chicos se quedan muy quietos, llenos de curiosidad. Nadie dice una sola palabra. A lo lejos se oye la sirena de una ambulancia, o tal vez de un coche de la policía. Un leve escalofrío recorre sus cuerpos y luego desaparece a medida que se aleja el sonido.

El abuelo les entrega los prismáticos para que vayan mirando uno a uno y dice:

—Mirad esas manchas negras medio cubiertas con planchones... ¿Las veis?

Ellos las observan y asienten.

—¿Petróleo? —pregunta Paloma.

—No.

—¿Sangre? —se estremece Juanma.

—Es simplemente agua —dice el abuelo—. Con la tierra se ha oscurecido.

—¡No entiendo! —dice Daniel.

—Bah, es muy simple —explica el abuelo—. Mirad, han aparecido en tres partes diferentes de la glorieta... Son filtraciones de agua, y si siguen cavando, encontrarán más agua y no podrán seguir adelante.

—¿No será que han reventado las tuberías...?

—¡Qué va! ¿Recordáis que os conté que hace muchísimos años venían aquí las madrileñas a lavar la ropa? Pues, eso: allí existen manantiales, y tal vez hasta algún río subterráneo.

—Hay filtraciones y no saben cómo parar el agua.

—Exacto, porque para hacer un aparcamiento subterráneo tienen que cavar más y el agua los desbordaría. Y todavía hay algo más grave: el agua podría remojar los cimientos y las viviendas se vendrían abajo...

Se miran unos a otros. Un nuevo escalofrío les sacude. Daniel rompe el silencio:

—Abuelo, ¿o sea que hemos ganado?

—Sí, pero mirad cómo ha quedado el pavimento.

Los niños contemplan las tres manzanas. Entre las luces color ámbar y el resplandor de la luna llena, que le da un aire lechoso a las sombras, flota como un fantasma horrible, encima de la calle.

—Parece como si hubiera caído una bomba —se estremece Daniel.

—Eso mismo —confirma el abuelo—. Y ahora, para que nos lo arreglen, tendremos todavía mucho que batallar.

AL DÍA SIGUIENTE, los trabajos en Álvarez de Castro se reanudan con mayor intensidad. Llegan unas máquinas muy grandes que, en medio de un ruido estrepitoso, empiezan a drenar el terreno y a quitar primero el agua y luego la tierra mojada.

Aparecen camiones que transportan contenedores de acero. En ellos, valiéndose de unas grúas, los conductores cargan el material de desecho. En la calle hay un ritmo febril de trabajo y un continuo movimiento de obreros. Lejos de aminorar, como se presagiaba, el esfuerzo se ha redoblado y los hombres, como un pequeño ejército de hormigas, trabajan afanosamente dándose órdenes a grandes voces.

El ingeniero Rocafuerte se ha calado un casco sobre la cabeza, mordisquea un puro y va de un lado a otro. Da órdenes en voz alta, grita, se pone colorado y acciona las manos; sin duda quiere ganar la batalla.

De pronto, suena su teléfono móvil.

—Sí, señor concejal —dice a todo pulmón para contrarrestar el ruido que hay alrededor—. Las cosas marchan como habíamos previsto y habrá un turno de obreros hasta la medianoche.

Hace una breve pausa, sonríe y añade:

—Ganar tiempo al tiempo, sí señor; no se preocupe, que nada nos detendrá.

Los ancianos también renuevan sus tareas y vuelven con las pancartas que retiraron la noche pasada. El abuelo Joaquín les ha contado lo de las filtraciones de agua. Los buenos viejos, de vez en cuando, intercambian miradas cómplices y sonríen ilusionados.

—Ya veremos cuando empiece a rajarse algún edificio —dice alguien.

Los niños han ido al colegio y Paloma, acompañada por su madre, ha salido camino de la estación de Chamartín rumbo a Oviedo.

EN VALDEAGUAS ocurre un fenómeno muy extraño: mientras aviones, helicópteros, bomberos y brigadas de voluntarios luchan desesperadamente por ganar la batalla contra el fuego y consiguen extinguir algunos focos, por otro lado el viento arrastra pequeñas briznas encendidas y en el sitio menos pensado aparece un nuevo frente.

—Esto suele suceder con frecuencia, y realmente se convierte en un gran contratiempo. Por eso hay que ser cauteloso a la hora de anunciar que un incendio forestal con varios frentes ha sido totalmente sofocado —dice Luis al coronel Espínola.

—Y podemos estar así otra semana, claro.

—O más. Hay incendios que rebrotan pasada una semana, especialmente en el verano, cuando la superficie combustible es muy grande o hay barrancos y lugares inaccesibles para los bomberos. Hubo uno en Canadá que duró casi dos meses hasta que el fuego encontró una frontera natural que lo encañonó por un lado contra un río y por el otro hacia una montaña rocosa.

Sobre un gran mapa de la zona, el coronel Espínola y Luis han reproducido la estrategia de lucha contra el fuego utilizando banderitas y chinchetas de colores, como si se tratara de un campo de batalla. Continuamente, helicópteros, aviones y brigadas de tierra les informan por radio del crecimiento o disminución del fuego y ellos realizan la tarea logística de coordinación.

El coronel Espínola mira su reloj.

—Saldremos dentro de media hora —dice.

—Sí, espero que las cosas hayan mejorado desde esta mañana.

Muy de mañana y al atardecer, Luis y el coronel Espínola sobrevuelan en helicóptero las partes más problemáticas del incendio forestal para estudiar, luego, nuevas estrategias.

ACOMPAÑADA DE SUS PADRES, Paloma acude, en Oviedo, al juzgado de guardia.

El juez que instruye la causa contra el pirómano de Valdeaguas es un hombre sombrío. Tiene una calva que parece relucir. Lo que más le llama la atención a Paloma al tenerlo frente por frente es su mirada inquisitiva y fuerte, desconfiada.

Invita a sentarse a la niña y le pregunta su edad, su residencia habitual y, sobre todo, si alguna persona mayor le ha pedido de manera especial que haga su declaración.

—He venido porque he reconocido la fotografía de ese hombre en el periódico —responde Paloma con aplomo.

—Es que antes negaste que le conocías.

—Por su nombre, tal como nos lo dijeron, no lo reconoció ni mi madre —dice la chica—. Por eso yo lo negué.

—Ahora te vamos a acompañar para que tú, a través de un cristal, puedas reconocerlo con toda calma. Él no te podrá ver, pero tú sí; por tanto, tómate todo el tiempo que sea necesario.

La conducen a ella y a sus padres a través de un par de habitaciones. En una pared hay una cortina que el juez descorre, y al otro lado, sentado en una silla, con la mirada perdida, aparece Antolín Nieto.

—Dios mío, es él, es él —dice Paloma sin la menor duda.

—¿Estás absolutamente segura?

—Sí, le vi en Oviedo a mediodía, el sábado pasado, junto al escaparate de una tienda en la que mis padres habían entrado a comprar.

—¿Te dijo algo? —le pregunta el juez, y frunce el entrecejo hasta casi juntarlo con sus ojos.

—No. Él me reconoció, me hizo adiós con la mano y se marchó. Es un hombre algo extraño.

—Es todo —le dice el magistrado—. Gracias por ayudarnos.

—¿Lo pondrá en libertad ahora mismo? —se interesa Paloma.

—Su caso está en investigación —explica el juez—. Tendremos que estudiar las pruebas, hacer nuevos reconocimientos...

Paloma se siente defraudada.

—O sea que he venido desde Madrid, lo he reconocido y no lo van a poner en libertad inmediatamente.

—Los trámites judiciales no son tan simples; la policía ha encontrado otras pruebas en su contra —dice el juez a Paloma, mira a los padres de la chica, les adelanta la mano extendida y concluye—: Gracias por su colaboración.

Y el juez, finalmente, decide mantener detenido a Antolín Nieto.

EL ÚLTIMO PARTE del Servicio Nacional de Meteorología informa de que un frente frío ha entrado en la península y que tendrá repercusiones, especialmente, en las costas del Cantábrico y de Levante. Se teme que corran fuertes vientos y que incluso en los días sucesivos se pueda producir una gota fría.

En Valdeaguas se advierte a los pilotos que tengan especial cuidado con sus vuelos rasantes. Se hace una llamada especial a los responsables de los helicópteros por la fragilidad de la estructura de sus aparatos.

Cuando esto sucede, se produce un fenómeno singular: el viento aviva las llamas y el calor aumenta significativamente. Entonces los aviones y helicópteros tienen que aproximarse mucho al fuego y saber descargar el agua en el momento preciso, porque si la sueltan un poco alta, el calor la evapora antes de que llegue a la candela, y si se aproximan demasiado, se forma algo así como una bolsa de aire caliente que atrae a los artefactos voladores y puede hacerlos estallar en el aire. Es una operación muy delicada y entraña un gran riesgo. Los pilotos lo saben y toman sus precauciones.

—Tenemos la suerte en contra —dice el coronel Espínola—. Estábamos ganando la batalla al fuego y ahora nos anuncian fuertes vientos.

—¡Qué remedio! Seguir luchando —dice Luis.

—De todas maneras, ¿quieres realizar el reconocimiento aéreo esta tarde?

—Sí. Hay que tomar nuevas precauciones —le responde Luis.

—Oscurecerá a las ocho y media. Saldremos una hora antes.

UN HELICÓPTERO VIBRA, aceza, cabecea en el aire como un pájaro herido y extraviado que busca afanosamente un pequeño rincón del bosque donde cobijarse.

A lo lejos se adivinan los primeros matices rojos del atardecer, que parecen difuminados por las bocanadas de humo que arroja el incendio y que se inclinan perseguidos por la fuerte racha de viento.

El piloto hace grandes esfuerzos para comunicar a la base los detalles de su emergencia, pero las antenas de su radio vibran como cañas de esparto y, finalmente, quedan inutilizadas.

El rotor de cola del helicóptero pierde velocidad

y a duras penas puede gobernar el equilibrio de la máquina, que cabecea a un lado y a otro. El piloto hace un desesperado intento por salir de allí. Si cae en un trozo de tierra calverizada que hay a sus pies, se verá muy pronto cercado por el fuego. Se aferra a los mandos, pero el viento está en contra y no le deja avanzar.

Finalmente, algo cruje en la viga de cola y los cables de control ceden, quedando la nave al capricho del viento. En ese preciso instante, el rotor de la cola se detiene y el de la pala rotatoria principal disminuye su velocidad considerablemente. El helicóptero empieza a caer muy cerca de la muralla de fuego que avanza incontenibdemente.

Unos segundos antes, por pura casualidad, el coronel Espínola y Luis habían descubierto aquella nave en dificultades y se aproximan a ella tratando de ayudar a los pilotos.

—¡Se matarán! —grita el coronel Espínola.

—Echémosles una mano —dice Luis.

Ante su impotencia y desesperación, la nave en apuros ha comenzado a precipitarse hacia tierra, aunque sus pilotos luchan desesperadamente por evitar la caída.

—Es muy arriesgado aproximarse más —dice Espínola—. Podríamos correr la misma suerte.

—Sí —responde Luis—, pero no tenemos alternativa.

El coronel Espínola comienza a descender y, a media velocidad, se aproxima hacia la otra nave, que lucha por mantenerse en el aire con todas sus fuerzas. Pero, irremediablemente, va perdiendo altura.

El sol está a punto de ocultarse y, entre el resplandor del crepúsculo, el helicóptero averiado enciende sus luces, que se proyectan en espiral entre las primeras sombras y hacen más nítida su desesperada situación. También el coronel Espínola enciende los faros de su nave mientras avanza hacia la otra.

Poco después, el helicóptero dañado toca tierra y se parte en dos mientras de su cola se desprende un humo renegrido y denso.

—¡Se incendia! —dice Espínola.

—¡Date prisa! —le anima Luis.

La nave del coronel Espínola se posa en tierra a escasos metros del aparato siniestrado. Los dos hombres descienden rápidamente y ven cómo los dos ocupantes del helicóptero caído también empiezan a abandonar la nave.

—A Dios gracias, están vivos —dice Luis.

Y corren hacia ellos desesperadamente, mientras la humareda de la cola del helicóptero caído se convierte en un gran fuego.

—¡Estallará de un momento a otro!

Uno de los pilotos tiene posiblemente una pierna rota y, además, sangra profusamente. El otro, al parecer, está ileso.

Espínola y Luis les ayudan, como pueden, a salir de la nave. Luego, entre todos, cargan al piloto herido y se abalanzan hacia el otro helicóptero, suben a él e inician, precipitadamente, el ascenso.

La cola del helicóptero estalla en mil fragmentos y se enciende como una lámpara que deslumbra por unos segundos al mismísimo fuego que la acosa de costado.

—Gracias —dice el piloto ileso, y mira al coronel Espínola con reconocimiento.

Luis aplica un torniquete de emergencia en la pierna del herido.

El viento no ha cesado. Los obliga a no elevarse mucho. Giran hacia la izquierda para volver a la base y miran cómo las llamas del incendio ya están muy próximas al helicóptero siniestrado.

—La caída no nos ha matado —dice el piloto herido—, pero poco después la explosión o las llamas nos habrían abrasado. Gracias, de verdad, nos habéis salvado la vida.

Luego toman camino hacia Oviedo y llaman a la base dando cuenta de la emergencia. Al aterrizar en un improvisado helipuerto cercano a un hospital, ya hay una ambulancia esperándolos para trasladar al herido.

POCO DESPUÉS, EN LA BASE de operaciones, el coronel Espínola y Luis, a la vista de la evaluación del avance del fuego, llegan a la conclusión de que esta semana será decisiva. El incendio ha comenzado a remitir.

—Pero no debemos cantar victoria —comenta Espínola a los jefes de brigadas y bomberos que se reúnen en torno suyo—. Todavía nos queda un trabajo muy duro.

—Vamos a ver, señores —dice Luis—. Los focos del frente norte del pueblo están apagados, pero en la parte sur, donde ha caído el helicóptero, hay todavía dos frentes de fuego que, si redoblamos nuestros esfuerzos, pueden ser controlados en estos días.

—¿Y el viento? —pregunta alguien.

—Sin duda favorecerá el progreso de lo que queda del fuego; debemos hacer un gran esfuerzo para derrotarlo definitivamente. Como ha dicho el coronel Espínola, ésta será una semana decisiva; de lo contrario, no queda más remedio que solicitar más refuerzos y declarar en emergencia esta zona.

PRIMERO un relámpago cegador que se bifurca en el cielo como una rama desnuda y luego, a los pocos segundos, un rayo que retumba en medio de la noche y despierta a todos en Valdeaguas.

Después, la lluvia que cae intensamente y resuena entre las montañas del valle como una catarata que se ha desprendido de pronto y baña de frescor la tierra calcinada.

Los hombres del campamento saltan de las camas y salen a la intemperie, así como están, en pijama, a medio vestirse y en mangas de camisa. Se miran sorprendidos, se abrazan; es una lluvia torrencial que de tanto en tanto se ilumina por un relámpago hacia las crestas de las montañas.

El coronel Espínola busca a Luis y por fin lo encuentra confundido entre quienes celebran, a pecho descubierto, la llegada de la lluvia.

—¿Caerá en toda la comarca? —le pregunta.

—Sin duda —le responde Luis—. Y como es tan persistente, puede durar horas.

Los hombres no dicen más. Se miran y se dan un abrazo.

Al principio, el agua parece avivar el fuego. Como si las resinas de los árboles crecieran y se alimentaran; pero después el fuego empieza a languidecer y lo reemplaza una densa cortina de humo que se confunde con la noche para ir desapareciendo, poco a poco.

La batalla final contra el fuego la ha ganado el cielo en Valdeaguas.

—Es muy raro que ocurra, pero a veces pasa —comenta Luis.

TAMBIÉN LLUEVE EN MADRID. Es una especie de llovizna, de gotas muy finas pero persistentes. Las calles se llenan de agua y Álvarez de Castro, taladrada y removida, con el asfalto revuelto, es una gran costra negra que se ha llenado de charcos.

Hacia el mediodía, la señorita Macu, al frente de sus niños, llega a la polémica calle portando pancartas y banderolas. Se forma un pequeño ejército de chubasqueros y paraguas, mientras mucha gente se detiene, mira a los niños, les da palabras de aliento y les aplaude.

La lluvia fina y persistente continúa cayendo.

Poco después, las sirenas de los coches de la policía quiebran la monotonía y se apostan cerca de donde chicas y chicos están resistiendo el agua que no cesa de caer.

La gente empieza a aglomerarse y de pronto llegan cámaras de televisión y periodistas. Minutos

después aparece el alcalde de Madrid y, tras él, un enjambre de micrófonos y algunas luces. Sonríe, saluda, extiende la mano a quienes pasan por allí y se dirige, inequívocamente, hacia donde se concentran la señorita Macu, los niños y los ancianos.

—¡Habéis ganado! —dice, y enseña la sonrisa a las cámaras de televisión—. Hemos decidido suspender definitivamente las obras de la construcción del aparcamiento y del túnel de esta calle.

—¿Y cuál es la razón? —le pregunta una periodista.

—En la glorieta de Álvarez de Castro existen filtraciones de aguas subterráneas que no solamente harían peligrar los árboles, tan queridos por los vecinos, sino hasta la misma estabilidad de los edificios adyacentes. Hoy por la mañana he recibido el informe técnico y, oyendo el clamor de estos niños, de estos abuelos y de muchos de vosotros, que me lo habéis pedido, pues os anuncio oficialmente que las obras quedan suspendidas para siempre.

La señorita Macu aplaude, la imitan los niños y los abuelos.

—Bien, bien —dice el abuelo Joaquín—. Pero ahora ¿quién nos renueva los árboles caídos y reconstruye el pavimento?

—Eso mismo, ¿quién? —repiten varias voces.

El alcalde levanta ambos brazos. Sonríe.

—Los árboles que cayeron serán restituidos y, en breve, el pavimento totalmente reparado.

—¡Hemos ganado! —dice Daniel, y abraza al

abuelo, a Joaquín y a Duque, que mueve la cola alborozado.

PALOMA RETORNA A MADRID y festeja con gran algarabía la buena noticia.

—Aunque me da pena no haber estado justo en el momento en que ganabais la batalla de los árboles, pero en fin, me alegra saberlo.

—Al menos, cuando termine este diluvio, podremos salir a pasear y recoger hongos en la Casa de Campo, o en El Retiro —se ilusiona Daniel.

—Sí —dice ella—, pero también quiero contarte que dentro de tres días volveremos a Oviedo. Allí vamos a vivir. Mi padre ha encontrado una casa bonita y ya ha empezado a reconstruir su laboratorio.

—Vaya, o sea que de nuevo me quedo solo —dice Daniel sin ocultar su pena.

—¿Y yo qué? —se queja Duque.

—Hombre, ya lo sé, pero me habría gustado que Paloma estuviera con nosotros un poco más de tiempo.

La chica se le queda mirando y le guiña un ojo cómplice:

—¿Sabes, Daniel? —confiesa—. Yo creo que Duque entiende todo lo que le dices.

—¿A que sí? —se ufana Duque.

Se asoman a la ventana. La llovizna persiste.

Paloma relata a Daniel todos los pormenores de su testimonio sobre el hombre de Valdeaguas.

—Cada vez entiendo menos algunas cosas de los mayores... Nos hacen viajar a Oviedo, me piden que les diga la verdad para demostrar la inocencia de ese pobre hombre y después lo siguen teniendo preso.

—¿No lo soltarán nunca?

—No lo sé..., tal vez no —dice la chica, apenada.

—¿TÚ FUMAS?

—No. Jamás lo he hecho. ¿Por qué?

El jefe de policía muestra dentro de una bolsa un encendedor y se lo ofrece a Antolín Nieto. El hombre tiene la barba crecida de varios días y un aspecto deplorable.

—¿Es tuyo este mechero?

El detenido coge la bolsa entre las manos, la examina y la devuelve.

—¡Nunca lo he visto! —afirma—. ¿Puedo abrir la bolsa para verlo mejor?

—No, porque tiene huellas dactilares muy importantes.

—¿De quién?

—Pronto lo sabremos. El mechero fue encontrado en el bolsillo de tu mono, junto a los bidones de gasolina y los trapos que se utilizaron para causar el incendio.

Antolín se queda pensativo, como si en el fondo de su cerebro buscara una extraviada chispa de luz.

—¿Me permite el mechero?

Se lo ponen de nuevo entre sus manos... Antolín lo examina cuidadosamente. Se le iluminan los ojos, mira al policía y exclama:

—¡Ya sé quién es el pirómano!

Todos se vuelven hacia él.

—¡Es Paco!

—¿Y quién es ése?

—Francisco Canales. Fui a buscarlo a Oviedo para pagarle una deuda, pero no lo encontré en su casa. Posiblemente él fuera a Valdeaguas a buscarme a mí, porque me ha amenazado varias veces con hacerme daño si no le pagaba lo que le debía. Al no encontrarme, de seguro que prendió fuego a mis tierras y el incendio se propagó.

—Vaya, vaya, un historia increíble y una brillante deducción lógica —le dice el jefe de policía—. Pero ¿cómo sabes que se trata de su mechero?

—El mechero es regalo de Munditur, como dice aquí, y él estaba muy orgulloso de trabajar en esa empresa; me lo dijo muchas veces... después de abandonar el campo y venirse a Oviedo.

—Es una pista muy interesante; pero no te preocupes: ya conversaremos con él y sabremos la verdad. Al menos, a ti las cosas se te ponen mejor: primero esa niña diciendo que te vio en Oviedo a la hora en que se inició el incendio, y ahora el dichoso mechero.

MEDIA HORA MÁS TARDE, una joven muy elegante entra en las oficinas de Munditur y pregunta por Francisco Canales.

—Soy yo —dice un hombre de mediana edad con una acogedora sonrisa—. ¿En qué puedo servirla?

—Un amigo me recomendó que hablara con usted para realizar un viaje de vacaciones a Egipto —dice ella.

—Pues no se equivocó su amigo en recomendarla: tenemos unos viajes fantásticos, de excelente calidad, y ahora están en oferta. Incluyen una visita a las pirámides y un crucero por el Nilo. Como ve, le ofrecemos grandes ventajas y hasta un plan de pago a plazos, si así lo prefiere.

Francisco Canales selecciona catálogos y se los ofrece a la elegante desconocida.

—Voy a estudiarlos —dice ella, saca un cigarrillo y se lo pone en los labios.

Canales la observa y en el acto se mete las manos en los bolsillos, saca un encendedor y le ofrece fuego.

—Gracias —dice ella, y comenta—: ¡Qué estupendo encendedor!

—¿Le gusta?

—Sí.

—Pues es suyo —dice él, y se lo entrega.

—Oh, no puedo aceptarlo.

—No se preocupe, es una cortesía de Munditur para nuestros mejores clientes.

La chica coge delicadamente el encendedor con sus guantes y se lo guarda dentro del bolso. Agradece el detalle y se despide.

Unos minutos más tarde, los técnicos del laboratorio de investigación criminal de Oviedo establecen que el mechero traído por la agente de la policía que ha acudido como turista a Munditur y el encontrado en el mono de Antolín Nieto tienen las mismas huellas digitales.

Poco después, la policía detiene a Francisco Canales en las oficinas de Munditur. Le muestran las evidencias, le acosan a preguntas, pero sobre todo le informan de que las huellas dactilares de los dos mecheros coinciden con las suyas.

Al principio, Francisco Canales niega los hechos, pero finalmente, cercado por las pruebas, reconoce que, en efecto, él es el culpable.

El hombre se derrumba:

—Perdón —dice balbuceante—. Yo no quise causar ese gran incendio. Como hacía mucho tiempo que Antolín no me pagaba, fui a Valdeaguas y solamente pensé en darle un buen susto.

—¿Prendiendo fuego a su terreno y sus árboles?

—Sí, creí que todo quedaría ahí —hunde el mentón en el pecho y, finalmente, suplica—: Perdón, yo no tuve la menor intención de causar el incendio.

—Ahora es muy tarde y no se trata de pedir perdón; el daño está hecho. Hay heridos, se han quemado varias casas, se ha perdido un helicóptero y un bosque maravilloso —dice el policía—. Es mejor que te busques un abogado, porque la ley será muy severa contigo.

11 Dos cartas para un epílogo

QUERIDO Daniel:

Te escribo porque tengo grandes noticias que contarte. Ya han pasado dos meses desde el incendio y hoy hemos salido con mis padres a recorrer buena parte del bosque quemado y hemos descubierto que entre la madera muerta han comenzado a asomar líquenes y hongos (ya ves que los hongos no mueren) y algunos, pero muy pocos, brotes de árboles. La vida también ha vuelto a lo que queda del bosque. Al principio sólo aparecían cuervos que gritaban conmovidos por la tragedia, y luego llegaron algunas aves migratorias, que se fueron al no encontrar sus viejos nidos; pero ahora han empezado a volver. Y con la lluvia han comenzado a hincharse de verde y de agua los musgos; pero, sobre todo, se asoman las aves y sus cantos anuncian la vida nueva. En nuestro recorrido nos ha acompañado Antolín Nieto, el pobre vecino nuestro que creíamos que era el pirómano y que nunca fue culpable. Nos ha invitado a su casa de la colina, donde hemos comido, y luego le ha dicho a mi padre que si queríamos podía dejarnos su casa para vivir en ella mientras nosotros reconstruyamos la nuestra. Mis padres se han mirado y, sin pensarlo más, han aceptado. Vamos a rehacer nuestra casa en la parte sur de la vivienda antigua, y mis padres dicen que es el lugar ideal para que ellos sigan haciendo sus experimentos y continúen escribiendo sus libros. Tampoco yo perderé el año escolar. Todos los chicos y chicas de Valdeaguas nos examinaremos en septiembre, y como soy más bien una empollona, creo que no tendré ninguna dificultad. Además, el pueblo ha recibido del gobierno una partida especial para reforestar la zona; o sea: volverán a plantar árboles; pero, claro, seguramente yo ya estaré un poco vieja y quizá ya haya ido a la universidad cuando el bosque pueda parecerse un poco al anterior. Me agradaría muchísimo que vinieras para salir de excursión por los alrededores y buscar juntos hongos y setas. Casi con toda seguridad nosotros te vamos a visitar para la Navidad, según ha dicho mi madre.

Te besa tu prima,
Paloma

Querida Paloma:
Recibí tu carta y quiero contarte algunas noticias. Estoy muy contento porque no me ha quedado ninguna asignatura para septiembre,

ni las mates. Los árboles caídos han sido reemplazados, nuestra calle ha comenzado a ser reparada y nos prometen que quedará como nueva. Me encantará ir a visitarte y hacer algo de micología. Cada día que pasa, pierdo la esperanza de tener un hermano pequeño. Además, he sacado las cuentas: si naciera ahora mismo, cuando tenga mi edad yo ya seré viejo, habré cumplido veinte años y no sé si querrá jugar conmigo... Aun así, me hace ilusión tenerlo algún día.

Te besa tu primo,
Daniel

P.D. Perdona la brevedad, me encanta recibir cartas, pero no se me da muy bien escribirlas. ¿Vale?

Índice

EL BARCO DE VAPOR

SERIE NARANJA (a partir de 9 años)